Mit der Welt
auf Buchführung

1943 im Ural geboren, wuchs Ljudmila Ulitzkaja in
Moskau auf. Sie studierte zunächst Biologie und
arbeitete als Genetikerin, ging dann als Assistentin des
künstlerischen Leiters zum Theater und wurde
schließlich Anfang der achtziger Jahre
freischaffende Autorin und Publizistin.
Mit der Erzählung »Sonetschka« gelang ihr
1992 international der Durchbruch –
im November 1996 erhielt sie dafür den
»Prix Médicis«. Ljudmila Ulitzkaja
lebt in Moskau.
»Diese Autorin ist eine Offenbarung. Sie ist der
Tschechow eines um hundert Jahre älter
gewordenen Rußlands.«   Le Nouvel Observateur

Ljudmila Ulitzkaja

Ein fröhliches Begräbnis

Aus dem Russischen von
Ganna-Maria Braungardt

BLT
Band 92 035

© Ljudmila Ulitzkaja
Originaltitel: MOSKVA – KALUGA – LOS ANDZELOS
Erschienen in »Novyi mir« Nr. 7, Moskau 1998
© für die deutsche Ausgabe 1998 by
Verlag Volk und Welt GmbH, Berlin
Lizenzausgabe für BLT
BLT ist ein Imprint der Verlagsgruppe Lübbe,
Bergisch Gladbach
Printed in Germany, Januar 2000
Einbandgestaltung: Gisela Kullowatz unter Verwendung
eines Gemäldes von Daniel Nevis, »Living America«, Privatsammlung © Daniel Nevis/Superstock
Autorenfoto: L. Sasonow
Satz: hanseatenSatz-bremen, Bremen
Druck und Bindung: Elsnerdruck, Berlin
ISBN 3-404-92035-X

Sie finden uns im Internet unter
http://www.luebbe.de

Der Preis dieses Bandes versteht sich einschließlich
der gesetzlichen Mehrwertsteuer.

1

Die Hitze war entsetzlich. Bei einer Luftfeuchtigkeit von fast hundert Prozent schien es, als stünde die ganze riesige Stadt mit ihren unmenschlichen Häusern, ihren prächtigen Parks und ihren vielfarbigen Menschen und Hunden kurz vor dem Übergang in einen anderen Aggregatzustand, als würden jeden Augenblick halbflüssige Menschen in der bouillonartigen Luft schwimmen.

Die Dusche war ständig besetzt; die Frauen verschwanden abwechselnd dort. Sie zogen sich schon lange nicht mehr an, nur Valentina legte ihren BH nicht ab, denn wenn sie ihre gewaltigen Brüste frei baumeln ließ, bildeten sich darunter von der Hitze wunde Stellen. Bei normalem Wetter trug sie nie einen BH. Alle waren klitschnaß, das Wasser verdunstete auf dem Körper nicht mehr, die Handtücher waren feucht, und die Haare bekam man nur mit dem Fön trocken.

Die Jalousien waren halb geschlossen, das Licht fiel streifig in den Raum. Die Klimaanlage war schon seit Jahren kaputt.

Im Zimmer waren fünf Weiber. Valentina im roten BH. Nina mit langem Haar und einem goldenen

Kreuz um den Hals, so abgemagert, daß Alik zu ihr sagte:

»Nina, bei dir kann man ja schon die Rippen zählen, wie bei dem Korb da.«

Er meinte den Schlangenkorb, der in einer Ecke stand. Alik war in seiner Jugend mal in Indien gewesen, auf der Suche nach uralter Weisheit, hatte aber von dort nichts weiter mitgebracht als diesen Korb.

Dann war da noch die Nachbarin Joyka, eine verrückte Italienerin, die hier hängengeblieben war und sich diesen seltsamen Ort ausgesucht hatte, um Russisch zu lernen. Sie nahm ständig jemandem etwas übel, aber da sich niemand darum scherte, wenn sie eingeschnappt war, mußte sie wohl oder übel allen großmütig verzeihen.

Irina Pirson, früher Zirkusakrobatin und jetzt teure Rechtsanwältin, glänzte mit kunstvoll rasiertem Schamhaar und einer völlig neuen Brust, die nicht schlechter war als ihre alte – ein Werk amerikanischer Chirurgen, die keine Skrupel kennen; ihre Tochter Maika[*] mit Spitznamen T-Shirt, fünfzehn Jahre alt, plump und unförmig, mit Brille und als einzige angezogen, hockte in einer Ecke auf dem Boden. Sie trug dicke Bermudas und dazu ein T-Shirt. Darauf prangte eine Glühbirne und in Leuchtschrift ein Wort in einem komischen Kauderwelsch:

---

[*] Russisch: T-Shirt, Koseform von Maja.

ПIZДЕЦ!* Das hatte Alik ihr voriges Jahr zum Geburtstag gemacht, als er seine Hände noch bewegen konnte.

Alik selbst lag auf einer breiten Liege und wirkte so klein und jung, als sei er sein eigener Sohn. Aber Kinder hatten er und Nina nicht. Und würden sie nun auch nicht mehr haben, das war klar. Denn Alik starb. Eine allmähliche Lähmung fraß die letzten Reste seiner Muskulatur auf. Seine Arme und Beine lagen still und leblos da und fühlten sich nicht tot und nicht lebendig an, sondern wie etwas verdächtig Dazwischenliegendes, wie erstarrender Gips. Am lebendigsten war sein leuchtend rotes Haar, das in dichten Borsten nach vorn fiel, und sein abstehender Schnauzbart, der für sein abgemagertes Gesicht nun ein bißchen zu groß war.

Seit zwei Wochen war er wieder zu Hause. Den Ärzten hatte er gesagt, er wolle nicht im Krankenhaus sterben. Es gab noch einen anderen Grund, von dem die Ärzte nichts wußten und nichts wissen sollten. Dabei hatten sogar sie ihn liebgewonnen, die Ärzte in diesem Fließband-Krankenhaus, die kaum dazu kamen, einem Patienten ins Gesicht zu sehen, die ihm nur in den Mund blickten, in den After oder wo er sonst Schmerzen hatte.

Sein Zuhause war der reinste Durchgangshof. Von morgens bis abends Trubel, und irgend jemand blieb

---

* Abgeleitet von pizdec – russisches Schimpfwort, etwa: Alles im Arsch; Sense!

immer über Nacht. Für viele Gäste war der Raum ideal, für das alltägliche Leben weniger schön. Es war ein umgebauter Loft mit einem abgeteilten Alkoven, in den die winzige Küche, das Klo mit Dusche und das schmale Schlafzimmer mit dem halben Fenster gepfercht waren. Der Rest war ein riesiges Atelier mit Fenstern auf zwei Seiten.

In der einen Ecke auf dem Teppich übernachteten späte Gäste und zufällige Besucher. Manchmal bis zu fünf. Eine richtige Eingangstür gab es nicht, in die Wohnung gelangte man direkt aus dem Lastenaufzug; früher, vor Aliks Einzug, war damit Tabak befördert worden, dessen Geruch geisterhaft noch immer in der Luft hing. Alik wohnte schon lange hier, fast zwanzig Jahre; er hatte damals unbesehen einen Mietvertrag unterschrieben, der sich später als ungeheuer günstig erwies. Bis heute zahlte Alik eine geradezu lächerliche Miete. Im übrigen zahlte nicht er. Geld hatte er schon lange nicht mehr, auch keine noch so lächerliche Summe.

Die Aufzugstür klappte. Fima Gruber kam herein und zog sich dabei ein derbes hellblaues Hemd vom Leib. Die nackten Frauen beachteten ihn nicht, und auch er zuckte nicht mit der Wimper. Er hatte eine Arzttasche bei sich, uralt, ein Erbstück von seinem Großvater, noch aus Charkow. Fima war Arzt in dritter Generation, vielseitig gebildet und originell, aber es ging ihm nicht gerade glänzend: Er hatte die erforderlichen amerikanischen Prüfungen noch nicht abgelegt und arbeitete vorübergehend – bereits das fünfte Jahr – als eine Art hochqualifizierter Assistent in einer teuren Klinik. Er kam jeden Tag her, als hoffe er, doch noch Glück zu haben und etwas für Alik tun zu können. Er beugte sich zu Alik hinunter.

»Wie geht's, Alter?«

»Ach, du ... Bringst du den Fahrplan?«

»Was für einen Fahrplan?« fragte Fima erstaunt.

»Für die Fähre«, antwortete Alik mit einem schwachen Lächeln.

Es geht zu Ende, dachte Fima. Das Bewußtsein trübt sich schon.

Er ging in die Küche und kramte geräuschvoll im Eisfach des Kühlschranks.

Idioten, was sind das alles für Idioten. Ich hasse sie, dachte T-Shirt. Sie hatte vor kurzem die griechische Mythologie durchgenommen und ahnte als einzige, daß Alik nicht die South Ferry meinte. Mit bösem, hochmütigem Gesicht ging sie zum Fenster, bog die Jalousie ein Stück hoch und sah hinunter. Dort war immer was los.

Alik war der erste Erwachsene, den sie nicht ignorierte. Wie viele amerikanische Kinder war sie ihre ganze Kindheit von einem Psychologen zum anderen geschleppt worden, und das nicht ohne Grund. Sie sprach nur mit Kindern, machte lediglich für ihre Mutter äußerst widerwillig eine Ausnahme, andere Erwachsene existierten für sie einfach nicht. Die Lehrer nahmen ihre Antworten in schriftlicher Form entgegen; sie waren immer exakt und lakonisch. Die Lehrer gaben ihr die besten Zensuren und zuckten die Achseln. Psychologen und Psychoanalytiker entwickelten komplizierte und höchst phantastische Hypothesen über das Wesen ihres sonderbaren Verhaltens. Sie mochten Kinder, die nicht der Norm entsprachen – davon lebten sie schließlich.

Kennengelernt hatten sich Alik und T-Shirt auf einer Vernissage, wohin die Mutter ihre linkische Tochter mitgeschleppt hatte. Sie waren damals gerade aus Kalifornien nach New York gezogen, und T-Shirt, die alle ihre Freunde mit einem Schlag verloren hatte, war bereit mitzukommen. Alik und ihre Mutter kannten sich aus ihrer Zirkuszeit, noch aus Moskau, hatten sich aber in Amerika seit Jahren nicht gesehen. So lange, daß Irina schon nicht mehr darüber nachdachte, was sie zu ihm sagen würde, sollten sie sich je wiedersehen. An dem Tag, als sie sich auf der Vernissage begegneten, griff er mit der linken Hand einen ihrer Jackettknöpfe mit den hühnerdicken Adlern, riß ihn mit einer abrupten Drehung ab, warf ihn hoch und fing ihn wieder auf. Dann öffnete er die Hand und blickte flüchtig auf den blitzenden Adler.

»Na, dann muß ich es dir sagen.«

Sein rechter Arm hing leblos herab. Mit dem linken zog er ihren tiefblonden, sorgfältig frisierten Kopf mit dem schwarzen, perlenbesetzten Seidenband an sich und flüsterte ihr ins Ohr:

»Irina, ich werde bald sterben.«

Sie hätte sich sagen können: Na und, stirb doch. Für mich bist du schon lange tot. Aber sie spürte, wie eine dünne, schmale Klinge ihr ganz langsam tief in die Brust drang, und ein heftiger Schmerz durchbohrte sie bis zur Wirbelsäule. Neben ihr stand ihre Tochter und sah sie mit großen Augen an.

»Komm, wir gehen zu mir«, schlug Alik vor.

»Ich bin mit meiner Tochter hier. Ich weiß nicht, ob sie Lust hat.« Irina sah T-Shirt an.

Das Mädchen ging schon lange nirgendwo mehr mit ihr hin. Irina hatte sie mit Mühe überredet, zu dieser Ausstellung mitzukommen. Sie fragte die Tochter, vollkommen sicher, daß diese ablehnen würde:

»Hast du Lust, mit zu meinem Bekannten ins Atelier zu gehen?«

»Zu dem Rothaarigen? Ja.«

Sie gingen hin. Seine Bilder, obwohl offenkundig erst vor kurzem gemalt, erinnerten sehr an seine früheren. Ein paar Tage später gingen sie noch einmal zu ihm, beinah zufällig – sie waren gerade in der Gegend. Irina wurde überraschend zu einer dringenden geschäftlichen Besprechung gerufen und ließ T-Shirt für etwa drei Stunden im Atelier, und als sie zurückkam, fand sie eine unglaubliche Szene vor: Die beiden kreischten aufeinander ein wie zwei zornige Vögel. Alik fuchtelte mit dem linken Arm herum – der rechte war schon verkrüppelt und gehorchte ihm kaum noch – und hüpfte federnd auf und ab.

»Ist dir denn nie in den Sinn gekommen, daß nur die Asymmetrie zählt? Das ist der Dreh- und Angelpunkt! Symmetrie ist der Tod! Totaler Stillstand! Kurzschluß!«

»Schrei nicht so!« rief T-Shirt, deren sämtliche Sommersprossen rot leuchteten, und ihr Akzent war dabei stärker als sonst. »Und wenn's mir gefällt? Einfach gefällt! Warum müßt ihr immer, immer recht haben?«

Alik ließ den Arm sinken.

»Na weißt du ...«

Irina wäre beinah neben dem Lift in Ohnmacht gefallen. Alik hatte, ohne es zu ahnen, mit einem Schlag die sonderbare Form von Autismus zerstört, an der das Mädchen seit seinem fünften Lebensjahr litt. Eine alte böse Flamme flackerte in ihr auf, verlosch aber sofort wieder: Statt ihre Tochter von Psychiater zu Psychiater zu schleppen, sollte sie ihr vielleicht lieber die elementare menschliche Kommunikation ermöglichen, die ihr so fehlte.

2

Wieder klappte die Aufzugstür. Nina erblickte eine neue Besucherin und rannte ihr entgegen, wobei sie sich einen schwarzen Kimono überzog.

Eine kleine, enorm dicke Matrone setzte sich schnaufend in einen niedrigen Sessel und stellte eine prallgefüllte Einkaufstasche sorgsam zwischen ihre Knie. Sie war himbeerrot im Gesicht, dampfte, und ihre Wangen glänzten wie ein heißer Samowar.

»Marja Ignatjewna! Ich warte seit zwei Tagen auf Sie!«

Die Matrone saß auf der äußersten Sesselkante, die rosigen Beine gespreizt. Sie trug Füßlinge – etwas, das es auf diesem Kontinent eigentlich gar nicht gab.

»Ich vergesse euch nicht, Ninotschka. Ich arbeite die ganze Zeit mit Alik. Gestern habe ich ihn von sechs Uhr abends an besprochen ...« Sie hielt Nina ihre dreckigen Finger mit den dystrophischen grünlichen Fingernägeln hin. »Glaub mir, das ist ganz schön anstrengend – mein Blutdruck, ich kann mich kaum noch auf den Beinen halten. Und dann diese verfluchte Hitze. Hier, ich hab den Rest mitgebracht.«

Sie holte aus ihrer Stofftasche drei dunkle Flaschen mit einer zähen Flüssigkeit.

»Da. Ich hab eine neue Einreibung gemacht und was zum Inhalieren. Das hier ist für die Beine. Du tauchst einen Lappen rein und legst ihm den auf die Füße, obendrauf eine Plastiktüte, und dann zubinden. Etwa zwei Stunden. Wenn die Haut abgeht, das macht nichts. Wenn du's abnimmst, gleich abwaschen.«

Nina blickte ehrfürchtig auf diese Vogelscheuche und ihre Mixturen. Sie nahm die Flaschen. Eine kleinere preßte sie an die Wange – sie war kühl. Sie trug alles ins Schlafzimmer, ließ die Jalousie herunter und stellte die Flaschen auf das schmale Fensterbrett. Dort stand bereits eine ganze Batterie.

Marja Ignatjewna setzte inzwischen den Teekessel auf. Sie war der einzige Mensch, der bei dieser Hitze Tee trinken konnte, und zwar nicht amerikanisch, eiskalt, sondern russisch, heiß und mit Zucker und Konfitüre.

Während Nina Alik Kompressen um die Beine wickelte und ihn mit einem leichten Laken zudeckte, dessen pseudoschottisches Karomuster keinem Clan zuzuordnen war, wobei sie ihr langes Haar schüttelte, das aussah, als sei die Vergoldung abgeblättert und habe tiefes Silber freigelegt, unterhielt sich Marja Ignatjewna mit Fima. Er interessierte sich für ihre Resultate. Sie sah ihn mit großmütiger Verachtung an.

»Jefim Issakytsch! Fimotschka! Was für Resultate! Es riecht doch schon nach Erde! Trotzdem, alles ist in Gottes Hand, das sage ich Ihnen. Ich hab schon vieles gesehn. Da liegt einer im Sterben, ist schon beinah hinüber, aber nein, Er läßt ihn nicht. Die Kräuter, die haben eine Kraft! Die sprengten jeden Stein. Besonders ihre Spitzen. Und genau die nehme ich, die Spitzen, und von den Wurzeln auch die Spitzen. Manchmal, da neigt einer sich schon ganz zur Erde, und auf einmal, da richtet er sich wieder auf. An Gott muß man glauben, Fima. Ohne Gott wächst nicht das kleinste Kraut!«

»Das ist wahr«, stimmte Fima ihr bereitwillig zu und rieb sich die linke Wange, die zerklüftet war von den Spuren jugendlicher Hormonkämpfe.

Die positive Phototaxis der Pflanzen, über die das dicke Weib mit dem weichen Stoffpuppengesicht verschwommen und geheimnisvoll orakelte, kannte er aus dem Botanikunterricht der fünften Klasse, aber da er immerhin Fachmann war, wußte er auch, daß es für Aliks teuflische Krankheit keinen Ausweg gab: Der letzte noch arbeitende Muskel, das Zwerchfell, setzte bereits aus, und in den nächsten Tagen würde der Tod durch Ersticken eintreten. Der Frage, die sich in diesem Land üblicherweise stellte – wann die Apparate abgeschaltet werden sollten –, war Alik zuvorgekommen: Er hatte das Krankenhaus kurz vor dem Ende verlassen und damit auf die klägliche Zusatzration künstlichen Lebens verzichtet.

Fima bedrückte nun der Gedanke, daß wohl oder übel er Alik zu gegebener Zeit ein Beruhigungsmittel spritzen müßte, das die Qual des Erstickens lindern und ihn durch seine Nebenwirkung, die Lähmung des Atemzentrums, töten würde. Aber es war nichts zu machen – Alik per Notruf ins Krankenhaus zu bringen, wie sie es schon zweimal getan hatten, war jetzt kaum noch möglich. Und wieder eine gefälschte Krankenversicherung aufzutreiben, das war nun zu spät und zu gefährlich.

»Viel Glück«, sagte Fima sanft, griff nach seiner berühmten Tasche und ging, ohne sich zu verabschieden. Hier legte niemand Wert auf solche Kleinigkeiten.

Ist wohl beleidigt oder was, dachte Marja Ignatjewna.

Sie verstand nicht viel vom Leben in Amerika. Sie war vor einem Jahr aus Weißrußland gekommen, auf Bitte einer kranken Verwandten, aber als sie die Papiere zusammenhatte und endlich hier eintraf, gab es schon niemanden mehr zu heilen. So war sie umsonst mit ihrer Wunderheilkraft und ihren geschmuggelten Kräutern über den Ozean gekommen. Das heißt, nicht ganz umsonst, denn auch hier fanden sich Anhänger ihrer Kunst, die sie nun ohne Genehmigung und ohne Furcht vor Unannehmlichkeiten praktizierte. Sie wunderte sich nur: Was ist das hier bei euch für eine Ordnung, ich heile doch, hole Menschen sozusagen aus dem Jenseits zurück, wovor soll ich denn Angst haben? Vergeblich, ihr etwas von Lizenzen und Steuern zu erklären. Nina hatte sie in einer kleinen orthodoxen Kirche in Manhattan aufgegabelt und gleich entschieden, daß Gott ihr diese Wunderheilerin für Alik geschickt hatte. In den letzten Jahren, noch bevor Alik krank wurde, war Nina orthodox geworden, womit sie den Mächten der Finsternis einen empfindlichen Schlag versetzte: Ihre Lieblingsbeschäftigung, ihre Tarot-Karten, hielt sie nun für Sünde und schenkte sie Joyka.

Marja Ignatjewna winkte Nina mit dem Finger heran. Nina rannte in die Küche, goß Orangensaft in ein Glas, dann Wodka und warf eine Handvoll Eiskugeln dazu. Sie trank schon lange auf amerikanische Art: stark verdünnt, süß und unablässig. Sie rührte mit einem Strohhalm um und trank einen Schluck. Auch Marja Ignatjewna rührte um – mit dem Löffel im Tee – und legte den Löffel auf den Tisch.

»Hör zu, was ich dir sage«, begann sie streng. »Er muß getauft werden. Sonst hilft nichts mehr.«

»Aber er will nicht, er will nicht, wie oft soll ich dir das noch sagen, Marja Ignatjewna!« jaulte Nina.

Marja Ignatjewna runzelte die brauenlose Stirn. »Schrei nicht so. Ich muß weg. Mein Papier, das ist schon lange zu Ende.« Sie meinte ihr abgelaufenes Visum, konnte aber kein einziges Fremdwort behalten. »Das Papier ist zu Ende. Ich fahr zurück. Ich hab schon einen Flug gebucht. Wenn du ihn nicht taufen läßt, dann mach ich nicht weiter mit ihm. Aber wenn du ihn taufen läßt, Nina, dann werd ich mit ihm weiterarbeiten, auch von dort aus, egal wie. Aber so, so geht das nicht.«

Sie breitete theatralisch die Arme aus.

»Ich kann nichts tun. Er will nicht. Er lacht nur. Dein Gott, sagt er, soll mich als Parteilosen aufnehmen.« Nina senkte ihren schwachen kleinen Kopf.

Marja Ignatjewna riß die Augen auf.

»Was redest du da, Nina? Ihr lebt hier wie hinterm Mond. Was soll der liebe Gott denn mit Parteimitgliedern?«

Nina winkte ab und leerte ihr Glas. Marja Ignatjewna goß sich noch Tee ein.

»Um dich tut's mir leid, Kindchen. Gott hat viele Wohnungen. Ich hab schon viele gute Menschen gesehen, Juden und alle möglichen. Es ist für jeden eine Stätte bereitet. Mein Konstantin, der getötet wurde, der ist getauft, und er wartet auf mich da, wo alle hinkommen. Ich bin natürlich keine Heilige, und wir haben ja auch nur zwei Jahre zusammengelebt, mit einundzwanzig war ich schon Witwe. Ich hatte schon hin und wieder mal was, das will ich nicht leugnen, ich bin sündig. Aber einen anderen Mann, den hab ich nie gehabt. Und er wartet dort auf mich. Verstehst du, worum ich mich sorge? Ihr werdet sonst getrennt sein, dort. Tauf ihn wenigstens so, wenigstens schwarz«, mahnte Marja Ignatjewna.

»Wie – schwarz?« fragte Nina.

»Komm weg hier, nicht vor den anderen«, zischte Marja Ignatjewna bedeutungsvoll, und obwohl sich alle um Alik drängten und in der Küche niemand war, schob Marja Ignatjewna Nina ins Bad, setzte sich auf die Toilette mit dem rosa Deckel und drückte Nina auf einen Wäschekorb aus Plastik. Hier, am unpassendsten Ort, erhielt Nina alle notwendigen Unterweisungen.

Bald darauf kam Faina, kräftig wie ein Nußknacker, mit hölzernem Gesicht und drahtigem, weißlichem Stroh auf dem Kopf. Sie war noch nicht lange hier, hatte sich aber schnell eingelebt.

»Ich hab mir einen Fotoapparat gekauft«, verkündete sie schon auf der Schwelle und schwenkte die nagelneue Schachtel über Aliks reglosem Kopf. »Eine Polaroid! Mit Sofortbild! Los, machen wir ein Foto!«

Für sie gab es in diesem Land vieles, das sie noch nicht probiert hatte, und sie wollte möglichst schnell alles kaufen, kosten, beurteilen und darüber mitreden können.

Valentina wedelte Alik mit dem Laken Luft zu. Aber ihm war als einzigem nicht heiß. Valentina warf das Laken hin, kroch hinter Alik und setzte sich, den Rücken an das Kopfende des Bettes gelehnt. Sie zog Alik ein Stück höher und legte seinen dunkelroten Schöpf direkt auf ihr Sonnengeflecht, dorthin, wo nach den Worten ihrer verstorbenen Großmutter die

»Seele« saß. Und plötzlich schossen ihr Tränen in die Augen, aus Mitleid mit Alik, mit seinem armen Kopf, der so hilflos unter ihrer Brust lag. Wie ein Kind, das seinen Kopf noch nicht halten konnte. Noch nie während der ganzen Zeit ihrer kurzen Romanze hatte sie ein so heftiges, lebhaftes Bedürfnis verspürt, ihn in den Armen zu halten, auf den Armen, ja ihn am liebsten in der Tiefe ihres Körpers zu bergen, ihn zu verstecken vor dem verfluchten Tod, der seine Arme und Beine schon in der Gewalt hatte.

»Mädchen, rückt zusammen, der Hahn hat schon lange gekräht!« rief sie lächelnd und wischte sich den Schweiß von der Stirn und die Tränen von der Wange. Sie hängte ihre berühmten Brüste in der roten Verpackung auf Aliks Schultern; neben Alik auf dem Bett saß Joyka, die Aliks Bein anwinkelte und es mit ihrer Schulter abstützte. Auf die andere Seite setzte sich um der fotografischen Symmetrie willen T-Shirt.

Faina drehte den Fotoapparat lange hin und her, weil sie den Sucher nicht finden konnte, und als sie dann hineinsah, prustete sie los.

»Oh, Alik, das Gehänge ist ganz vorn im Bild. Decken Sie was drüber.«

In Wirklichkeit waren ganz vorn im Bild die Schläuche der Urinflasche.

»Soweit kommt's noch, so eine Pracht verdecken«, protestierte Valentina, und Alik verzog einen Mundwinkel.

»Bringt bloß nichts, diese Pracht«, bemerkte er.

»Faina, warte«, bat Valentina, stopfte Alik zwei große russische Kissen aus Ninas Generalsmitgift in den Rücken, lief übers Bett zum Fußende und zog von seinem zarten Teil das rosa Pflaster ab, mit dem die ganze Ausrüstung befestigt war.

»Soll er sich ein bißchen erholen, ein bißchen frei rumlaufen.«

Alik mochte Witze aller Art, er lächelte auch über zweitklassige. Valentina agierte schnell, mit geübter Hand. Es gibt Frauen, deren Hände alles von allein beherrschen; sie brauchen nichts zu lernen, sie sind geborene Krankenschwestern.

T-Shirt konnte es nicht mehr ertragen und ging aus dem Zimmer. Obwohl sie schon im vorigen Jahr erst mit Jeffrey Leshinsky und dann mit Tom Cane alles ausprobiert hatte und zu dem Schluß gekommen war, daß ihr der ganze Sex gestohlen bleiben konnte, wurde ihr von der Manipulation mit dem Katheter schlecht. Wie Valentina ihn angefaßt hatte ... Wieso hingen sie bloß alle wie die Kletten an ihm?

Die Dusche war gerade frei. Sie zog ihre Shorts aus. Durch den Stoff fühlte sie die flache kleine Schachtel. Sie rollte ihre Sachen ordentlich zusammen, damit sie nicht rausfiel. Die Anweisung wußte sie auswendig. Sie hatte die letzte Nacht bei Alik verbracht. Nicht die ganze, aber ein paar Stunden. Nina war betrunken und schlief im Atelier, Alik lag noch wach. Er hatte eine Bitte an sie, die sie ihm erfüllte, und diese kleine Box war nun der Beweis dafür, daß sie diejenige war, die ihm am allernächsten stand.

Das Wasser war nicht kalt, die Rohre waren bei dieser Hitze ganz warm. Alle Handtücher waren naß. Sie trocknete sich mehr schlecht als recht ab, zog sich die Sachen über den feuchten Körper und schlüpfte aus der Wohnung: Sie wollte nicht mit den anderen fotografiert werden, das wußte sie nun.

Sie ging zum Hudson, bog dann zur Fähre ab und dachte die ganze Zeit an den einzigen normalen Erwachsenen, der nun starb, als wolle er sie damit ärgern, um sie wieder mit diesen ganzen Idioten allein zu lassen: Russen, Juden und Amerikanern, von denen sie seit ihrer Geburt umgeben war.

3

Mit Aliks Sehvermögen ging etwas Sonderbares vor sich: Es ließ nach und wurde zugleich schärfer. Alles wurde ein wenig größer und veränderte seine Dichte. Die Gesichter seiner Freundinnen verschwammen plötzlich, und die Gegenstände zerflossen leicht, doch dieses Zerfließen war eher angenehm und setzte zudem die Gegenstände in ein neues Verhältnis zueinander. Eine Ecke des Raumes wurde aufgeschnitten von einem einzelnen alten Ski, die weißen Wände strebten vor ihm rasant zu beiden Seiten auseinander. Diese Dynamik der Wände wurde gedämpft von der Figur einer Frau, die im Schneidersitz auf dem Boden saß, den Kopf an die Wand gelehnt. Der ruhigste Teil des Bildes war der Punkt, an dem der Kopf der Frau die Wand berührte.

Jemand hatte die Jalousie ein Stück hochgezogen, Licht fiel auf die dunkle Brühe in den Flaschen, und sie leuchtete grün und dunkelgolden. Die Flaschen waren unterschiedlich voll, und in diesem Flaschenxylophon erkannte Alik plötzlich seinen Jugendtraum wieder. Damals hatte er viele Stilleben mit Flaschen gemalt. Tausende Flaschen. Vielleicht mehr, als er geleert hatte. Nein, geleert hatte er doch mehr. Er lächelte und schloß die Augen.

Aber die Flaschen blieben: Als verblaßte, undeutliche Säulen standen sie hinter seinen Lidern. Er erkannte, daß das wichtig war. Seine Gedanken krochen träge und riesig dahin, wie eine schwammige Wolke. Diese Flaschen, Flaschenrhythmen. Er hörte doch Musik ... Skrjabins Farbenmusik war, wie sich bei näherer Betrachtung herausstellte, nichts als Bluff, mechanistisch und häßlich. Alik hatte sich damals mit Optik und Akustik beschäftigt. Doch auch mit diesem Schlüssel war er nicht weitergekommen. Seine Stilleben waren nicht eigentlich schlecht, aber völlig beliebig. Zudem kannte er Morandi damals noch nicht.

Nun waren diese Stilleben in alle Winde verweht, keins war ihm geblieben. Irgendwo in Piter* gab es vielleicht noch ein paar bei Freunden von damals oder bei den Kasanzews in Moskau. Mein Gott, wie hatten sie damals gesoffen. Und fleißig Flaschen gesammelt. Die normalen gaben sie bei der Sammelstelle ab, aber alte oder ausländische, aus farbigem Glas, die hoben sie auf.

Auch die, die damals auf dem Dach standen, in der Dachrinne, waren aus dunklem Glas, tschechische Bierflaschen. Wer sie dort hingestellt hatte, wußte hinterher keiner mehr. Von Kasanzews Küche aus

---

* Umgangssprachliche Bezeichnung für Petersburg.

führte eine niedrige Tür ins Zwischengeschoß, und dort gab es ein Fenster zum Dach. Aus diesem Fenster hinaus flatterte Irina aufs Dach. Das war nichts Besonderes – auf diesem Dach wurde ständig herumgelaufen, getanzt und sich gesonnt. Irina rutschte auf dem Hintern die Schräge runter, und als sie aufstand, waren auf ihrer weißen Jeans zwei deutliche dunkle Spuren. Sie stand ganz am Rande des Daches, das wundervolle, leichtfüßige Mädchen. Gott hatte sie und Alik für die erste Liebe zueinander geführt, und sie taten alles redlich, bis der Himmel dröhnte.

Nachdem Irina von ihrem strengen Großvater, der aus einem alten Zirkusgeschlecht stammte, aus der Truppe geworfen wurde, weil sie mit Alik für zwei Tage nach Piter gefahren war und eine Probe versäumt hatte, waren sie in Kasanzews Dachkammer eingezogen und wohnten nun schon drei Monate dort, gemartert von der Last ihres noch immer anwachsenden Gefühls. An jenem Tag kam ein berühmter Jugendbuchautor zu Besuch, sehr erwachsen, mit zwei Flaschen Wodka. Er war sympathisch. Irina hob die Schulter irgendwie anders, sah ihn schräg von unten an, sprach mit tieferer Stimme als sonst, und Alik rügte sie:

»Warum flirtest du so mit ihm? Das ist vulgär. Wenn er dir gefällt, dann laß ihn ran.«

Er gefiel ihr tatsächlich.

»Aber doch nicht so. Oder höchstens ein ganz kleines bißchen«, sagte sie später zu Alik.

Aber in diesem Augenblick, vor Wut und ob der grausamen Wahrheit seiner Worte, sprang sie aus dem Fenster und rutschte auf dem Hintern zur Dachkante, dann richtete sie sich neben den Flaschen auf, ging in die Hocke – da sah noch niemand zu ihr hin außer Alik –, umfaßte die Hälse der beiden äußersten Flaschen und machte darauf einen Handstand. Ihre Schuhspitzen erstarrten vor dem violetten Hintergrund des Himmels. Alle, die mit dem Blick zum Fenster saßen, sahen Irina auf den Händen stehen und verstummten.

Der Schriftsteller, der nichts bemerkt hatte, erzählte gerade eine lustige Geschichte über einen gestohlenen Generalsmantel und lachte schallend.

Alik wollte zum Fenster, aber Irina lief bereits auf Händen über die Flaschen. Sie umfaßte den Hals einer Flasche mit beiden Händen, löste dann eine Hand, tastete nach der nächsten Flasche, hielt sie fest und verlagerte das Gewicht ihres angespannten Körpers darauf. Der Schriftsteller tönte noch ein bißchen und brach ab. Er spürte: Irgend etwas geschah hinter seinem Rücken. Er drehte sich um, und seine schon feisten Wangen zitterten – er war nicht schwindelfrei. Das Haus war gar nicht hoch, nur anderthalb Etagen, höchstens fünf Meter insgesamt. Aber die Physiologie schert sich nicht um Arithmetik.

Aliks Hände wurden feucht, über seinen Rücken lief der Schweiß in Strömen. Nelka Kasanzewa, die

Hausherrin, auch ein heißblütiges Weib, polterte die Holztreppe hinunter und rannte auf die Straße.

Irina war inzwischen bei der letzten Flasche angekommen, zog gewandt die Beine an, setzte sich aufs Dach und rutschte am glitschigen Abflußrohr nach unten. Nelka stand schon da und rief:

»Lauf weg! Schnell, lauf«

Sie hatte Aliks Gesichtsausdruck gesehen und sofort reagiert. Irina rannte in Richtung Metrostation Kropotkinskaja, aber es war zu spät. Alik packte sie an den Haaren und versetzte ihr eine Ohrfeige.

Noch zwei Jahre quälten sie sich, konnten sich nicht trennen, doch mit dieser Ohrfeige war das Beste zu Ende. Dann trennten sie sich. Sie konnten einander weder verzeihen noch aufhören, sich zu lieben. Ihr Stolz war teuflisch. An jenem Abend war Irina doch noch mit dem Schriftsteller mitgegangen. Und Alik hatte nicht mit der Wimper gezuckt.

Irina zog als erste einen Schlußstrich: Sie ging in eine Trapezgruppe, zur Konkurrenz, ihr Großvater verfluchte sie, und sie fuhr für den ganzen Sommer mit dem Zirkus auf Gastspiel. Und Alik versuchte sich das erstemal als Emigrant: Er zog nach Piter.

Alik öffnete die Augen. Er spürte noch die Hitze, die von dem sonnengewärmten Dach des baufälligen Hauses in der Afanassjewgasse ausging, seine Muskeln schienen noch zu zittern vom stürmischen Lauf die Holztreppe hinunter, und die Erinnerung war im Traum stärker als in seinem Gedächtnis, denn er bemerkte Details, die er längst verloren glaubte: die angeschlagene Tasse mit dem Karl-Marx-Bild, aus der der Hausherr immer trank; an Irinas Hand den Ring mit dem toten grünen Türkis in der dunkelblauen Fassung, den sie bald darauf verlor; die rassige weiße Strähne im dunklen Haar des zehnjährigen kleinen Kasanzew.

Die Sonne neigte sich bereits nach New Jersey, das Licht fiel schräg ins Fenster direkt auf Alik, und er blinzelte. Joyka saß neben ihm auf dem Bett, las ihm, weil er sie darum gebeten hatte, aus der »Göttlichen Komödie« im Original vor und erzählte ziemlich verworren jede Terzine auf englisch nach. Alik verriet ihr nicht, daß er ganz gut Italienisch konnte. Er hatte fast ein Jahr in Rom gelebt, und die fröhlich ratternde Sprache hatte sich ihm eingeprägt wie ein Handabdruck in Lehm. Doch nun waren alle seine Begabungen ohne Belang: sein fabelhaftes Gedächtnis, sein feines musikalisches Gehör, sein Talent als Maler. Das alles nahm er mit sich, selbst so unnütze Fähigkeiten wie die, Tiroler Lieder zu jodeln und erstklassig Billard zu spielen.

Valentina massierte sein taubes Bein, und ihr schien, als komme etwas Leben in seine Muskeln.

Während Alik in schläfrigem Vergessen dämmerte, war Arkascha Libin mit einer neuen Klimaanlage und seiner fast neuen Freundin Natascha eingetroffen. Libin mochte häßliche Frauen, wobei er einen ganz bestimmten Typ bevorzugte: zierlich, mit breiter Stirn und winzigem Mund.

»Libin strebt nach Vollkommenheit«, hatte Alik vor kurzem noch gewitzelt. »Bei Natascha paßt noch knapp ein Teelöffel in den Mund, die nächste wird er nur mit Makkaroni füttern.«

Libin hatte vor, die kaputte Klimaanlage abzubauen und die neue anzubringen, und zwar allein, obwohl selbst Profis dafür immer zu zweit kamen.

Erfolgversprechende russische Selbstsicherheit. Er stellte die Flaschen vom Fensterbrett auf den Fußboden, nahm die Jalousie ab, und im selben Augenblick, wie durch ein plötzlich entstandenes Loch, flutete von unten, von der Straße, die lateinamerikanische Musik herein, die Alik so haßte. Schon die zweite Woche wurde das ganze Viertel von sechs Indios gemartert, die ausgerechnet die Ecke unter Aliks Fenstern zu ihrem Stammplatz erkoren hatten.

»Kann man denen nicht irgendwie das Maul stopfen?« fragte Alik leise.

»Dich zustopfen ist leichter«, erwiderte Valentina und stülpte Alik Kopfhörer über.

Joyka sah Valentina beleidigt und verständnislos an. Diesmal war sie auch noch für Dante gekränkt.

Valentina legte für Alik Joplins Ragtime auf. Diese Musik hatte er ihr während ihrer heimlichen Rendezvous und nächtlichen Streifzüge durch die Stadt nahegebracht.

»Danke, Häschen«, sagte Alik und bewegte die Wimpern.

Er nannte sie alle Häschen und Kätzchen. Die meisten von ihnen waren mit zwanzig Kilo Gepäck und zwanzig englischen Vokabeln obendrauf angekommen und hatten für diesen Umzug Hunderte von großen und kleinen Trennungen vollzogen: von den Eltern, von ihrem Beruf, von ihrem Haus und ihrer Straße, von der Luft und dem Wasser, und schließlich, was ihnen erst ganz langsam bewußt wurde, von ihrer Sprache, die mit den Jahren immer instrumentaler und pragmatischer wurde. Auch die neue, amerikanische Sprache, die sie sich nach und nach aneigneten, war primitiv und pragmatisch, und sie benutzten ihren eigenen Jargon, bewußt verstümmelt und komisch. In diesem Emigrantenslang vermengten sich Russisch, Englisch und Jiddisch, ausgesuchte Obszönitäten und der Tonfall jüdischer Anekdoten.

»Mein lieber Gott«, alberte Valentina, »das ist sich doch ein meschuggener Alptraum und keine Musik! Mach doch schon das Fenster zu, Engelchen, ich fleh dich an. Was mögen die sich denn bloß denken, anstatt sie gehen was essen und trinken und haben vollen fun und gute mood? Sie machen eine solche Krach, daß wir haben von ihnen nur headache.«

Die beleidigte Joyka ließ das rote Büchlein des Florentiner Emigranten auf dem Bett liegen und ging nach Hause, in den Nachbaraufgang. Natascha mit dem kleinen Mund kochte in der Küche Kaffee. Valentina drehte Alik auf die Seite und rieb ihm den Rücken ein. Wundgelegen hatte er sich bisher nicht. Den Katheter schlossen sie nicht mehr an; Aliks Haut brannte von den Pflastern. Inzwischen hatte sich ein ganzer Haufen nasser Laken angesammelt, Faina packte sie ein und ging damit in die Wäscherei an der Ecke. Nina schlief in einem Sessel im Atelier, ihr Glas fest umklammert.

Libin werkelte erfolglos an der Klimaanlage herum. Ihm fehlte eine Befestigungsleiste, und er versuchte, nach vertrauter russischer Art, aus zwei zu langen eine kurze zu machen, und zwar ohne Werkzeug, denn das hatte er zu Hause vergessen.

4

Die ganz langsam weichende Sonne rollte endlich wie eine große Münze unters Sofa, und binnen fünf Minuten war Nacht. Alle gingen auseinander, und zum erstenmal in dieser Woche war Nina mit ihrem Mann allein. Jedesmal, wenn sie ihn ansah, erschrak sie von neuem. Ein paar Stunden Schlaf, verstärkt durch Alkohol, brachten ihrer Seele Ruhe: Im Schlaf verdrängte sie gänzlich und voller Wonne die seltene, eigenartige Krankheit, die Alik befallen hatte und ihn mit aller Macht schrumpfen ließ; und wenn sie aufwachte, hoffte sie jedesmal, der Fluch wäre von Alik gewichen, er würde ihr entgegenkommen und wie immer sagen:

»Häschen, was machst du denn da?«

Doch nichts dergleichen geschah.

Sie ging zu ihm hinein und legte sich neben ihn, das Haar über seine eckige Schulter breitend. Er schien zu schlafen. Sein Atem ging schwer. Sie lauschte. Ohne die Augen zu öffnen, sagte er:

»Wann hört diese verfluchte Hitze endlich auf?«

Sie sprang auf und rannte in die Ecke, wo Libin Marja Ignatjewnas gesammelte Werke in sieben Flaschen aufgereiht hatte. Sie nahm die kleinste, schraubte den Verschluß auf und hielt Alik die Flasche unter die Nase. Es roch nach Salmiak.

»Besser? Besser, ja?« forderte Nina unverzüglich Antwort.

»Ja, doch«, stimmte er zu.

Sie legte sich wieder neben ihn, drehte seinen Kopf zu sich herum und flüsterte ihm ins Ohr:

»Alik, ich bitte dich, tu es für mich.«

»Was?« Er verstand nicht oder tat, als verstünde er nicht.

»Laß dich taufen, und alles wird gut, und die Behandlung hilft dann auch.« Sie nahm seine erschlaffte Hand in beide Hände und küßte sanft den sommersprossigen Handrücken. »Und du mußt keine Angst haben.«

»Ich hab auch so keine Angst, Kleines.«

Sie richtete sich auf. »Ich laß den Priester kommen, ja?«

Alik konzentrierte seinen schwimmenden Blick und sagte überraschend ernst:

»Nina, ich habe absolut nichts gegen deinen Christus. Er gefällt mir sogar, obwohl mit seinem Humor was nicht stimmt. Es ist nur, verstehst du, ich bin selber ein kluger Jude. Aber Taufe, das ist irgendwie albern, das ist Theater. Und Theater kann ich nicht leiden. Ich steh auf Kino. Laß mich in Ruhe, Kätzchen.«

Nina faltete ihre mageren Hände und schüttelte sie.

»Red doch wenigstens mal mit ihm. Er kommt her, und ihr redet miteinander.«

»Wer kommt her?« fragte Alik.

»Na, der Priester. Er ist sehr, sehr gut. Ach, bitte ...« Sie strich ihm mit ihrer spitzen Zunge über den Hals, dann das Schlüsselbein hinunter und über die eingefallene, fast am Knochen haftende Brustwarze – eine vertraute einladende Geste. Sie verführte ihn zur Taufe wie zum Liebesspiel.

Er lächelte schwach.

»Na, dann mach. Bring deinen Popen her. Unter einer Bedingung: Einen Rabbi holst du auch.«

Nina erstarrte.

»Machst du Witze?«

»Wieso? Wenn du von mir einen so ernsten Schritt verlangst, hab ich das Recht, beide Seiten zu konsultieren.« Er hatte es schon immer verstanden, jede Situation maximal zu genießen.

Ich hab ihn soweit, ich hab ihn, triumphierte Nina, jetzt wird er getauft.

Mit Vater Viktor, dem Geistlichen, war schon lange alles abgesprochen. Er war Priester einer kleinen orthodoxen Kirche, ein gebildeter Mann, Nachkomme von Emigranten der ersten sowjetischen Auswanderungswelle, mit einer verworrenen Biographie und einem schlichten Glauben. Er war gesellig, von heiterem Gemüt, besuchte seine Schäfchen gern zu Hause und trank auch ganz gern.

Woher man einen Rabbi nahm, davon hatte Nina

keine Ahnung. Ihr Freundeskreis hatte mit der jüdischen Gemeinde nichts zu tun, und sie mußte sich etwas einfallen lassen, um Alik mit einem Rabbiner zu dienen, wenn das nun mal seine Bedingung war.

An die zwei Stunden hantierte Nina mit den Kräuterumschlägen, legte wieder Kompressen auf Aliks Füße, rieb ihm die Brust mit einer scharf riechenden Tinktur ein, und gegen drei Uhr nachts entsann sie sich, daß Irina neulich lachend gesagt hatte, unter den ganzen Juden hier sei sie als Russin die einzige, die Gefillte Fisch zubereiten könne, denn sie war eine Zeitlang verheiratet mit einem echten Juden, mit Sabbat, kosheren Speisen und allem Drum und Dran.

Also wählte Nina langsam ihre Nummer, und Irina erstarrte, als sie mitten in der Nacht Ninas Stimme hörte.

Es ist vorbei, dachte sie.

»Ira, hör mal, dein Mann, war der ein religiöser Jude?« hörte sie Nina fragen. Völlig absurd.

Sie ist betrunken, dachte Irina.

»Ja.«

»Kannst du ihn nicht irgendwie auftreiben? Alik will einen Rabbi.«

Nein, sie ist einfach verrückt geworden, entschied Irina und sagte vorsichtig:

»Laß uns morgen darüber reden. Jetzt ist es drei Uhr nachts, um diese Zeit kann ich sowieso niemanden anrufen.«

»Denk dran, es ist sehr dringend«, sagte Nina mit vollkommen klarer Stimme.
»Ich komme morgen abend vorbei, okay?«

Irina empfand für Nina aufrichtiges Interesse. Vielleicht war das auch der wahre Grund, warum sie damals, vor anderthalb Jahren, eingewilligt hatte, Alik in seinem Atelier zu besuchen: Um sich das Prachtstück anzusehen, das sich ihn geangelt hatte.

Für Alik schwärmten die Frauen beinah seit seiner Geburt, vom Krippenalter an war er der Liebling aller Kinderfrauen und Erzieherinnen. Während seiner Schulzeit wurde er von allen Mädchen seiner Klasse zum Geburtstag eingeladen, und alle verliebten sich in ihn, mitsamt ihren Großmüttern und deren Hündchen. In der Pubertät, in der jeden jungen Menschen die heftige Unruhe erfaßt, daß es Zeit sei, mit dem Erwachsenenleben zu beginnen, das aber noch nicht recht gelingt, und sich kluge Jungen und Mädchen in dumme Abenteuer stürzen, in dieser Phase war Alik einfach unersetzlich: Er nahm freundschaftliche Beichten ab, verstand es zu spotten und andere aufzuheitern, und vor allem vermittelte er etwas ganz Einzigartiges, nämlich die Überzeugung, das Leben beginne am nächsten Montag, den gestrigen Tag könne man getrost streichen, besonders wenn er kein besonderer Erfolg war. Später erlag seinem Charme selbst die von allen »Schlangengift« genannte Inspektorin an der Theater- und Kunsthochschule, wo er viermal rausflog, aber dank der Fürsprache der in ihn verliebten Inspektorin dreimal wieder aufgenommen wurde.

Bei Irinas erstem Besuch kam ihr Nina vor wie eine hochmütige, launische dumme Gans: Eine angeschlagene Schönheit saß auf dem Teppich und bat, nicht gestört zu werden; sie legte ein riesiges Puzzle. Bei näherer Betrachtung hielt Irina sie schlicht für geisteskrank und obendrein psychisch gestört – ihre Trägheit wechselte mit Hysterie, plötzlichen Ausbrüchen von Fröhlichkeit oder Melancholie, was Irina ihrem schleichenden, aber unverkennbaren Alkoholismus zuschrieb.

Im übrigen konnte sie noch verstehen, warum Alik sie geheiratet hatte, aber wie er ihre an Geistesschwäche grenzende Dummheit so lange aushielt, ihre pathologische Faulheit und Schlamperei! Sie empfand keine verspätete Eifersucht, sondern tiefes Unverständnis. Irina hatte noch nie mit dem Typ Frau zu tun gehabt, zu dem Nina gehörte. Gerade mit ihrer grenzenlosen Hilflosigkeit weckte sie in allen, die sie umgaben, besonders in den Männern, ein starkes Verantwortungsgefühl.

Nina hatte noch eine Eigenschaft: Jede Laune, jede Idee oder Marotte trieb sie auf die Spitze. Zum Beispiel nahm sie nie Geld in die Hand. Wenn Alik mal für eine Woche wegfuhr, etwa nach Washington, wußte er, daß Nina nicht einkaufen gehen und lieber vor Hunger sterben würde, als das »schmutzige Papier« anzufassen. Also füllte er vor jeder Abreise den Kühlschrank.

In Rußland hatte Nina nie gekocht, aus Angst vor Feuer. Sie hatte damals für Astrologie geschwärmt und irgendwo gelesen, daß ihr, der im Sternzeichen Waage Geborenen, Gefahr drohe durch Feuer. Seitdem mied sie den Herd, was sie mit der kosmischen Unvereinbarkeit des Sternzeichens der Luft mit dem Element Feuer begründete. Hier im Atelier, wo anstelle des Gasherdes ein elektrischer stand und sie echtes Feuer höchstens an einer Streichholzspitze zu sehen bekam, war ihre Abneigung gegen das Kochen dennoch nicht vergangen, und Alik meisterte mühelos und mit Erfolg auch die Küchenarbeit.

Außer Geld und Feuer gab es noch etwas ganz und gar Unfaßbares: Sie hatte eine irrsinnige, krankhafte Angst davor, Entscheidungen zu treffen. Je nichtiger der Gegenstand, desto mehr quälte sie sich. Einmal hatte Irina von einer Klientin, einer Sängerin, Opernkarten geschenkt bekommen und auf T-Shirts Bitte Alik und Nina eingeladen mitzukommen. Sie wollten die beiden abholen und wurden Zeuginnen, wie Nina bis zur Erschöpfung ihre engen kurzen Kleider und ihre Ausgehschuhe durchprobierte, sich dann aufs Bett warf und sagte, sie werde nirgendwohin gehen. Sie schluchzte ins Kissen, während Alik, der es dabei mied, die unfreiwilligen Augenzeuginnen anzusehen, irgendein Kleid neben Nina legte und sagte:

»Das hier. Samt gehört zur Oper wie Würstchen zum Bier.«

T-Shirt hatte an dieser Vorstellung sicher mehr Spaß als an der mittelmäßigen Oper.

Irina kannte Launen und Marotten sehr gut – ihre Jugend war voll davon. Aber im Unterschied zu Nina hatte sie die Zirkusschule hinter sich. Die Fähigkeit, auf einem Drahtseil zu laufen, ist für einen Emigranten sehr nützlich ... Das Seil schneidet in die Fußsohlen, das Herz bleibt fast stehen, Schweiß rinnt über die Augen, doch der Mund ist zu einem breiten Lächeln verzogen, das Kinn siegessicher gereckt, ebenso die Nase, sie weist zu den Sternen, alles ist leicht und mühelos, mühelos und leicht ... Vielleicht hatte Irina es deshalb am weitesten von allen gebracht. Mit Klauen und Zähnen hatte sie sich einen exklusiven amerikanischen Beruf erkämpft, acht Jahre lang jeden Tag genau zwei Stunden zu wenig Schlaf. Entscheidungen treffen mußte sie zehnmal am Tag, und längst galt für sie als eiserne Regel: Nicht ärgern, wenn eine Entscheidung mal weniger glücklich war.

Die Vergangenheit ist endgültig und unabänderlich, aber die Zukunft gehört uns, sagte sie in solchen Fällen. Und plötzlich stellte sich heraus, daß ihre unabänderliche Vergangenheit Macht über sie besaß.

Mit Alik sprach Irina weder über seinen bevorstehenden Tod noch über die Vergangenheit. Wovon sie nicht zu träumen gewagt hatte, war geschehen: T-

Shirt ging mit Alik und allen seinen Freunden so selbstverständlich und unbefangen um, daß keiner von ihnen auch nur ahnte, was für eine schwere psychische Störung das Mädchen hinter sich hatte. Doch Irina hätte sich selbst wohl kaum zu erklären vermocht, was sie zwang, nun schon seit zwei Jahren jede freie Minute in dieser lauten, chaotischen Behausung zu verbringen.

Der englische Goldfisch, der eher aussah wie ein braungebrannter Thunfisch denn wie ein zierlicher Schleierfisch, Doktor Harris, mit dem Irina schon seit vier Jahren heimlich verlobt war, konnte sie, als er für fünf Tage in New York war, nur mit Mühe finden und fuhr beleidigt wieder ab, überzeugt, sie wolle ihn verlassen. Das aber hatte sie keineswegs vor. Er war ein berühmter Experte für Urheberrecht und bekleidete einen so hohen Posten, daß sie ihn normalerweise nie kennengelernt hätte. Ein reiner Zufall: Der Inhaber ihres Büros hatte sie als Assistentin zu Verhandlungen mitgenommen, danach fand ein Empfang statt, auf dem kaum Frauen anwesend waren, und sie fiel unter den schwarzen Smokings auf wie eine weiße Taube unter lauter alten schwarzen Raben. Zwei Monate später, als sie die Reise nach England schon total vergessen hatte, bekam sie eine Einladung zu einer Tagung junger Juristen. Der Chef ihres Büros war vor Verblüffung eine Weile fassungslos, konnte sich aber nicht vorstellen, daß Harris sich für seine winzige Assistentin interessierte. Dennoch ließ er sie für drei

Tage nach Europa reisen. Und nun lief es wohl darauf hinaus, daß Harris sie heiraten wollte.

Und das war nicht irgendwas mit Liebe-Triebe, sondern eine ernste Sache.

Jede Frau über vierzig träumt von einem Harris. Und Irina war gerade vierzig geworden.

Jedenfalls war das alles ziemlich dumm.

Am Abend fuhr Irina zu Nina, um mit ihr zu reden. Doch im Schlafzimmer stand wieder die Wunderheilerin herum, die vor ihrer Abreise noch einmal auf einen Sprung vorbeigekommen war. Das Atelier war wie üblich voller Menschen.

Irina war hungrig und öffnete den Kühlschrank. Darin sah es mau aus. In einer Einkaufstüte aus dem russischen Laden lag teures Schwarzbrot, ein Stück Käse trocknete vor sich hin. Irina machte sich ein Brot. Dann trank sie einen Schluck von Ninas Drink – in diesem Haus tranken auf einmal alle screw, Orangensaft mit Wodka. Endlich kam Nina rausgekrochen.

»Also, was willst du von Gottlieb?«

»Von welchem Gottlieb?« fragte Nina erstaunt.

»Mein Gott, du hast mich doch heute nacht angerufen ...«

»Ach so, er heißt Gottlieb. Das hab ich gar nicht gewußt. Alik hat gesagt, ich soll einen Rabbi holen«, sagte Nina unschuldig, und Irina spürte eine plötzliche Aufwallung von Ärger: Warum gab sie sich mit dieser Idiotin ab? Aber sie unterdrückte ihren Ärger routiniert und fragte sanft:

»Was willst du denn mit einem Rabbi? Bringst du da auch nichts durcheinander?«

Nina strahlte.

»Ach, du weißt ja noch gar nichts! Alik ist einverstanden, er läßt sich taufen.«

Irina konnte ihre Wut nun nicht mehr zurückhalten.

»Nina, zum Taufen braucht man doch wohl einen Priester, oder?«

»Klar doch!« Nina nickte. »Klar, einen Priester. Das hab ich schon abgesprochen. Aber Alik hat gebeten ... Er will auch mit einem Rabbi sprechen.«

»Er will sich taufen lassen?« staunte Irina, die endlich das Wesentliche erfaßt hatte.

Nina senkte ihr schmales kleines Gesicht in die knochigen, nun nicht mehr schönen Hände.

»Fima sagt, es steht sehr schlecht. Alle sagen, es steht schlecht. Und Marja Ignatjewna sagt, das ist die letzte Hoffnung, die Taufe. Ich will nicht, daß er ins Nichts geht. Ich will, daß Gott ihn aufnimmt. Du kannst dir nicht vorstellen, was für eine Finsternis das ist ... Das kann man sich nicht vorstellen.«

Nina wußte einiges über diese Finsternis, sie hatte drei Suizidversuche hinter sich, einen in ihrer frühen Jugend, einen gleich nach Aliks Abreise aus Rußland und den dritten hier, nachdem sie ein totes Kind geboren hatte.

»Es eilt, es eilt sehr.« Nina goß sich den Rest Saft ins Glas. »Irischa, geh mir doch bitte Saft kaufen. Wodka nicht, Wodka hat Slawik gestern mitgebracht. Und dein Gottlieb soll einen Rabbi herschaffen.«

Irina nahm die Einkaufstasche und langte in das Metallgefäß auf dem Kühlschrank – dort wurden die Rechnungen gesammelt. Es war leer. Irgend jemand hatte bereits alles beglichen.

5

Von sich sagte Irina immer: Ich habe auf alle Pferde gesetzt, auch auf das jüdische. Ihr jüdisches Pferd war der riesige schwarzbärtige Ljowa Gottlieb, der es fertigbrachte, die Russin Irina zum Judentum zu bekehren, und zwar nicht nur so, sondern mit allen Schikanen, mit Sabbatkerzen, Mikwa und Kopfbedeckung, die ihr übrigens ausgezeichnet stand. Die kleine T-Shirt ging in eine religiöse Mädchenschule, die sie bis heute in guter Erinnerung hatte.

Zwei volle Jahre spielte Irina die Jüdin. Sie lernte Hebräisch – über mangelnde Fähigkeiten konnte sie nicht klagen, ihr fiel alles leicht. Sie ging regelmäßig in die Synagoge und genoß das Familienleben. Eines Morgens wachte sie auf und erkannte, daß sie sich zu Tode langweilte. Sie packte wahllos ein, was ihr in die Hände fiel, und zog sofort aus. Ljowa hinterließ sie einen Zettel mit drei Worten: Ich gehe weg. Später, als er sie bei alten Freunden gefunden hatte und versuchte, die Familie wiederherzustellen, antwortete sie nur eines: Ich hab es satt, Ljowa, ich hab's satt. Das war ihre letzte Laune, vielleicht auch eine Art emotionaler Rebellion. Danach erlaubte sie sich keine derartigen Extravaganzen mehr.

Sie zog nach Kalifornien. Wie sie in diesen Jahren lebte, wußten ihre New Yorker Freunde nicht. Einige nahmen an, sie habe Ersparnisse gehabt, andere vermuteten, sie wurde von einem Liebhaber ausgehalten. Genau wußte es niemand. Tagsüber trug sie klassische Kostüme aus Leinen und Seide, abends aber trat sie, in Federn und Glimmer gehüllt, mit ihrer Akrobatennummer in einem extravaganten Etablissement für reiche Idioten auf. Die Artistik war schließlich kein Klacks, das war ein richtiger Beruf, was anderes als eine Philologie-Dissertation. Dank diesem Beruf rotierten nachts ihre Beine und tagsüber ihre grauen Zellen bei der Juristenausbildung. Eines schönen Tages schloß sie die ab, nachdem sie alle vorgeschriebenen Fächer absolviert und gelernt hatte, um halb sieben aufzustehen, drei Minuten zu duschen, statt eine Dreiviertelstunde zu baden, und nicht ans Telefon zu gehen, ehe der Anrufbeantworter sie wissen ließ, wer da anrief. Sie wurde Assistentin in einem etablierten Büro.

Sie lebte in Los Angeles, hatte kaum Kontakt zu Emigranten und sprach mit leichtem britischen Akzent, den sie sich absichtlich zugelegt hatte. Er galt sogar als schick. Wer etwas davon versteht, weiß, daß es schwieriger ist, seinen Akzent abzulegen, als ihn zu verändern. Ihren unscheinbaren russischen Familiennamen hatte sie in weiser Voraussicht schon ändern lassen, als sie ihre ersten amerikanischen Papiere bekam.

Aus der Zeit ihrer Show-Karriere hatte sie noch Verbindungen, und so brachte sie auch Klienten ins Büro. Keine besonders berühmten, aber ihr Chef wußte das dennoch zu schätzen. Mit der Zeit ließ er sie selbständig arbeiten. Sie gewann für ihn ein paar unbedeutende Fälle. Für einen jungen Amerikaner wäre das eine ganz passable Karriere gewesen. Für eine vierzigjährige Zirkusartistin aus Rußland war sie sensationell.

Auch ihrem Exmann Ljowa bekam die Scheidung gut. Er heiratete ein richtiges jüdisches Mädchen aus Mogiljow, das weder die Erfahrung einer Zirkusakrobatin besaß noch überhaupt irgendeine. Sie war groß, dick und breitärschig und gebar ihm in sieben Jahren fünf Kinder; das versöhnte Ljowa vollkommen mit dem Verlust Irinas. Seine vernünftige Frau sagte zu ihren Freundinnen:

»Ihr wißt doch, alle unsere Männer mögen Schicksen, aber nur so lange, bis sie eine richtige jüdische Frau haben.«

Diese große Weisheit war das Äußerste, wozu sie fähig war, doch Ljowa würde sie nicht bestritten haben.

Irina fand Ljowa mühelos im Telefonbuch, aber als sie ihn um ein Treffen bat, war er ganz verstört. Die zwei Stunden, die sie für den Weg zu ihm in die Bronx brauchte, wand er sich im Vorgefühl einer großen Unannehmlichkeit oder zumindest Peinlichkeit, die sie ihm verursachen würde.

Sein Büro war ziemlich unansehnlich, aber das Geschäft, das hier lief, war Irinas Einfall gewesen. Ihr praktischer Verstand, gepaart mit lässiger Gleichgültigkeit, hatte Ljowa seinerzeit Glück gebracht. Irina hatte ihn ganz zu Beginn ihrer kurzen Ehe überredet, sein ganzes Geld, mühselig zusammengekratzte fünftausend Dollar, in ein riskantes Vorhaben zu stecken, das sich schließlich großartig rentierte: die Produktion von koscherer Kosmetik. Damals war Irina noch im Stadium ihrer kurzen Romanze mit dem Judentum, das zwar ziemlich gemäßigt und reformiert war, aber noch immer festhielt am dramatischen Verhältnis von Milch und Fleisch, besonders, wenn das zu Lebzeiten gegrunzt hatte.

Ljowas Kosmetik fand gerade die ersten Abnehmer, als Irina ihn verließ, bemalt mit schillernder amerikanischer Kosmetik. Ljowa trat in eine neue Phase seines Lebens ein, wechselte bald die Orientierung und lief von den Reformern zu den Orthodoxen über. Die hatten ihre eigenen politischen Grundsätze. Er mußte auf die Herstellung der vulgären Farben verzichten, die die edlen Gesichter jüdischer Frauen besudelt hätten, verkaufte diesen Teil des Geschäfts an seinen Bruder und stellte nun nur noch koscheres Shampoo und Seife her, außerdem koscheres Aspirin und andere Medikamente. Vermutlich gab es auf der Welt genügend Menschen, die diese Idee nicht für reine Scharlatanerie hielten.

Ljowa empfing Irina auf der Schwelle seines Büros. Sie hatten sich beide sehr verändert, aber diese Veränderungen hatten nichts mit dem Lauf der Zeit zu tun, sondern eher mit ihrem neuen Lebensstil. Ljowa hatte zugenommen und wirkte kleiner durch den breiten Rücken und den ausladenden Hintern; sein Gesicht hatte den rosigweißen Teint eingebüßt, der an den jungen König David erinnerte, und eine irgendwie düstere Färbung angenommen. Irina dagegen, die während ihrer Ehe in löchrigen baumwollenen T-Shirts und bodenlangen indischen Röcken rumgelaufen war, verblüffte ihn nun mit ihrer perfekten, wie einer Modezeitschrift entsprungenen Makellosigkeit, der strengen Eleganz von Augenbrauen und Nase, ihrem festen Kinn und ihren weichen Lippen.

Eine Perle, eine echte Perle, dachte Ljowa, und dann sprach er es aus.

Irina lachte so unbeschwert wie früher.

»Ich freue mich, daß ich dir gefalle, Ljowa. Du hast dich sehr verändert, aber gar nicht mal so übel, bist ein richtig solider, kapitaler Herr.«

»Und fünf Kinder, Irotschka, fünf.« Er nahm ein kleines Fotoalbum aus der Schreibtischschublade. »Und wie geht's Majka?« fragte er ein bißchen spät.

»Gut. Ein erwachsenes Mädchen.«

Sie sah sich das Album aufmerksam an, nickte und legte es auf den Tisch.

»Weswegen ich hier bin: Ein alter Freund von mir, Jude, ich kenn ihn noch aus Moskau, der ist schwer krank. Er stirbt. Er möchte mit einem Rabbi sprechen. Kannst du das organisieren?«

»Und das ist dein ganzes Problem?« Ljowa war ungeheuer erleichtert, hatte er doch vermutet, Irina wolle finanzielle Forderungen an ihn stellen, wegen der fünftausend Dollar, immerhin waren sie ja damals verheiratet gewesen. Er war ein redlicher Mensch, aber er hatte Familie, und überhaupt rückte er ungern einfach so etwas heraus.

»Für dich, da würd ich zehn auftreiben.« Er merkte, daß er etwas Dummes gesagt hatte, und war verlegen, aber Irina hatte es gar nicht verstanden oder nicht darauf geachtet.

»Aber es ist eilig, brandeilig, es geht ihm sehr schlecht«, mahnte sie.

Ljowa versprach, noch heute abend anzurufen.

Er rief tatsächlich am Abend an und sagte, er könne einen wunderbaren Rabbiner mitbringen, aus Israel, der gerade eine hochgelehrte Vorlesungsreihe an der New Yorker Jeschiwa hielt. Ljowa hatte schon mit ihm verabredet, daß sie beide gleich nach dem Sabbat vorbeikommen würden.

Bemerkenswerterweise war Irina, die nie etwas vergaß und sogar die Telefonnummern ihrer Moskauer Freundinnen noch wußte, total entfallen, daß der jüdische Sabbat am Sonnabendabend endet, und sie verkündete Nina, der Rabbiner werde Sonntag früh kommen.

Der orthodoxe Priester, Vater Viktor, wollte am

Sonnabend nach der Abendmesse kommen. Nina hielt es für sehr bedeutungsvoll, daß er als erster kommen würde.

6

Fima ging noch spät am Abend zu Berman, ohne vorher anzurufen; diese Zwanglosigkeit war zwischen ihnen üblich. Sie kannten sich schon sehr lange, waren sogar miteinander verwandt. Zwar nur über mehrere Ecken, über einen Großvater, aber das spielte keine Rolle. Wichtig war etwas anderes: Sie waren beide Ärzte, und zwar im Sinne, wie manche Menschen eben von Geburt blond sind oder Sänger oder Feiglinge, also nach dem Willen der Natur. Sie hatten ein Gespür für den menschlichen Körper, für das Pulsieren des Blutes; eine besondere Art zu denken.

»Systematisch«, nannte es Berman.

Sie vermochten beide zu erkennen, welche Eigenschaften in Verbindung mit einem bestimmten Stoffwechseltyp zu Bluthochdruck führen konnten, wo Magengeschwüre zu erwarten waren, Asthma oder Krebs. Bevor sie mit einer medizinischen Untersuchung begannen, stellten sie fest, daß die Haut trokken war, die Augäpfel leicht getrübt oder die Mundwinkel entzündet waren.

Im übrigen hatten sie in den letzten Jahren kaum jemanden untersucht, höchstens, wenn sie mal von Bekannten darum gebeten wurden.

Anders als Fima hatte Berman, als er nach Amerika übergesiedelt war, alle erforderlichen Prüfungen innerhalb von zwei Monaten abgelegt, sein russisches Diplom bestätigt und zugleich einen lokalen Rekord aufgestellt: Noch niemand hatte in so kurzer Zeit ein komplettes Medizinstudium absolviert. Er wurde sofort in einem städtischen Krankenhaus eingestellt. Dort lernte er das amerikanische Gesundheitswesen in der Praxis kennen, widmete ihm siebzig Stunden in der Woche und fand es ebenso unbefriedigend wie das russische, aber aus anderen Gründen. Da entdeckte er einen Bereich, in dem er sich von den amerikanischen Ärzten fernhalten konnte. Er schätzte sie nicht sonderlich.

Es war eine neue Fachrichtung, gerade erst im Entstehen. In Rußland wird es das in zwanzig Jahren noch nicht geben, vielleicht überhaupt nie, dachte er verbittert. Die Richtung hieß Computertomographie. Ein diagnostisches Verfahren, bei dem der Körper mit Isotopen bestrahlt und per Computer untersucht wird.

Berman sagte immer, seine letzten Hirnzellen seien für die Beherrschung dieses hochmodernen Computers draufgegangen, seine letzte Energie für die Beschaffung des Geldes, um ihn zu kaufen und ein eigenes Diagnostiklabor einzurichten, und die letzten Reste seines Lebens würde er brauchen, um die gigantischen Schulden abzuzahlen, die im Ergebnis seiner Anstrengungen entstanden waren.

Seine Praxis lief dennoch gut, sie kam langsam in Fahrt, aber sein gesamter Gewinn wurde aufgefressen von der Tilgung der Kredite und Zinsen, die in diesem Land so schnell und unmerklich wuchsen wie Schimmel an einer feuchten Wand.

Berman hatte vierhunderttausend Dollar Schulden, Fima vierhundert; nach amerikanischer Logik gedieh der eine also prächtig, dem anderen dagegen ging es dreckig. Sie lebten in gleich schlechten Wohnungen, aßen das gleiche billige Zeug. Der einzige Unterschied bestand darin, daß Berman sich drei anständige »Doktor«-Anzüge gekauft hatte, während Fima mit schäbigen Klamotten auskam.

»Wie ganz Amerika lebt, so leben auch wir«, sagte Berman manchmal lachend und klopfte Fima auf die Schulter.

Sie wußten beide: Wenn Berman für seinen Kopf, für seine Ausbildung und sein abenteuerliches Projekt solche Kredite eingeräumt wurden, dann war er das auch wert. Und deshalb hätte er durchaus schon jetzt auf die bessere East Side ziehen können, wäre er nicht so geizig und übervorsichtig.

Fima fühlte sich unbehaglich. Neid, nein, nicht Neid, aber eine Art Schmerz regte sich in ihm. Immerhin hatte Berman, als er sein Labor aufmachte, Fima angeboten, als Techniker bei ihm anzufangen, doch dafür hätte Fima Spezialkurse absolvieren müssen, aber er quälte sich noch immer mit Englischbüchern herum, machte sich selbst vor, daß er sich im nächsten Jahr bestimmt aufraffen und die verfluchten Prüfungen bestehen würde. Jedenfalls lehnte er Bermans Angebot ab.

In Rußland hatten sie auf gleicher Stufe gestanden, zwei begabte junge Ärzte, die sich ihres Wertes bewußt waren. Hier war Berman dank seiner für die Sache völlig unerheblichen Fähigkeit, in dieser Scheißsprache zu plappern, Fima so weit vorausgeeilt, daß der ihn nie mehr einholen konnte. Doch in diesem Fall, bei Alik, standen sie wie früher auf der gleichen Stufe: zwei Ärzte vor einem Kranken.

Ihr heutiges Treffen war im Grunde eine Art Konsilium. Fima war der erste Arzt, an den Alik sich gewandt hatte, als sein rechter Arm zu versagen begann. Vor anderthalb Jahren.

Eine Lappalie, beruflich bedingte Überbelastung, vielleicht eine Sehnenscheidenentzündung, hatte Fima anfangs gedacht, sich dann aber schnell besonnen. Der linke Arm war auch betroffen. Wenn der Prozeß so zügig voranschritt, konnte es sich um multiple Sklerose handeln. Eine gründliche Untersuchung war notwendig.

Die erste Untersuchung nahm Berman vor. Unentgeltlich natürlich, sogar die Isotopen bezahlte er selbst. Der Computer fand nichts.

»Ein echter Ami, das Ding«, spottete Berman, »der arbeitet nicht umsonst.«

»Solange du äußerlich gesund bist, schließ eine Versicherung ab, Alter. Die wird erst in einem halben

Jahr wirksam, aber ich garantiere dir, solche Sachen gehen nicht von selbst wieder weg«, lautete Bermans abschließendes Urteil.

Aber Geld für eine Lebensversicherung hatte Alik nicht, außerdem dachte er nie darüber nach, was in einem halben Jahr sein würde. Aus demselben Grund und auch aus Widerwillen gegen Behörden, amtliche Papiere und Schlangestehen, den er noch aus sowjetischer Zeit behalten hatte, bezog er in Amerika nie Sozialhilfe.

Viele Immigranten wetteiferten geradezu darum, wie man am geschicktesten zu allen möglichen Vergünstigungen kam, von Lebensmittelkarten bis zu kostenlosen Wohnungen, Alik aber hatte es fertiggebracht, fast zwanzig Jahre lang als sorgloses Vögelchen zu leben. Er arbeitete unbeschwert und im verborgenen, so daß viele glaubten, er lebe von der Hand in den Mund, einfach in den Tag hinein. Am meisten ärgerte das nicht diejenigen, die ehrlich arbeiteten, sondern die notorischen Nichtstuer und ausgekochten Betrüger.

Jedenfalls hatte er nie eine Versicherung, genauso wenig wie eine feste Arbeit, und darauf war nun auch nicht mehr zu hoffen: Jetzt war er weniger als zu irgendeiner Zeit in der Lage, tagelang in endlosen Korridoren in Warteschlangen zu sitzen, um die notwendigen Papiere zu bekommen.

Zum Glück hatte das amerikanische System der medizinischen Versorgung, ausgeklügelt und computergestützt, ein paar Schlupflöcher, durch die man hineinkam.

Die ersten Blutuntersuchungen wurden mit fremden Papieren gemacht. Das Blut schwieg.

Die erste Krankenhauseinweisung organisierten sie direkt von der Straße weg, per Notarzt. Dazu inszenierten sie ein kleines Spektakel. Der Inhaber des Cafés gegenüber rief den Notarzt an und erklärte, vor seiner Tür sei ein Mann bewußtlos umgefallen. Der Mann legte sich auf drei zusammengeschobene Stühle, ließ seinen roten Pferdeschwanz herunterbaumeln, zwinkerte dem Inhaber des Cafés zu, der sein Freund war, und wartete etwa fünf Minuten auf den Arzt. Er wurde mitgenommen und untersucht und bekam für die Zeit des stationären Aufenthalts eine Krankenversicherung.

Behandelt wurde er von Neuropathologen, die ihn an den Tropf hängten und ihm die nötigen Medikamente injizierten. Das alles war ziemlich öde, und Alik machte sich aus dem Krankenhaus davon. Fima tobte: Egal, was war, die Verschreibungen waren in Ordnung, sie behandelten zwar nur die Symptome, aber etwas anderes war auch nicht drin, solange die Diagnose nicht feststand. Fima beharrte darauf, daß Alik wieder ins Krankenhaus mußte, und die einzige Möglichkeit dafür war ein kleiner Bluff. Fima organisierte ihm flugs eine kleine Fistel am Schlüsselbein, und Alik reklamierte sie als Folge einer falschen Behandlung. Das städtische Krankenhaus war zwar nicht privat, aber trotzdem nicht erpicht auf eine Klage, und er wurde wieder aufgenommen.

So zog sich alles hin. Alik ging ins Krankenhaus, kam wieder raus, ging wieder rein, kam wieder raus. Schwer zu sagen, ob die Behandlung anschlug, denn wer weiß, wie es ohne sie ausgesehen hätte. Aber der rechte Arm baumelte schon leblos herab, und mit der linken Hand konnte er kaum noch den Löffel zum Mund führen. Sein Gang veränderte sich. Er ermüdete schnell. Stolperte oft. Dann fiel er das erstemal hin. Und das alles ging beängstigend rasch. Im Frühjahr darauf konnte er schon kaum noch laufen.

Der zweite Krankenhausaufenthalt war schon bedeutend schwieriger zu organisieren. Alik wurde in Bermans Labor gebracht, und der rief den Notarzt an, in seiner Sprechstunde sei ein Schwerkranker. Der Notarzt verlangte eine schriftliche Garantie, daß der Patient nicht auf dem Weg ins Krankenhaus sterben würde. Berman, der die landesüblichen bürokratischen Gepflogenheiten kannte, hatte den Brief schon vorbereitet. Er begleitete Alik, und glücklicherweise war die Hauptperson, auf die es ankam, die Krankenschwester, eine Bekannte von Berman, eine alte Irin, schroff, mürrisch und ein reiner Engel. Sie überwies ihn in das chinesische Krankenhaus, das als beste staatliche Klinik galt. Sie konnten also von Glück reden, und in der ersten Woche lebte Alik auf; neben den konventionellen Methoden wurde er mit Akupunktur und Moxibustion behandelt, es sah sogar so aus, als würde die Sensibilität der Hände wiederhergestellt.

Jetzt saßen Fima und Berman in der häßlichen Küche, zwischen schmutzigen Tassen und quicklebendigen Kakerlaken. Sie stellten keine Hypothesen mehr auf: eine amyotrophische Lateralsklerose, eine Virusinfektion des Stammhirns, etwas rätselhaft Onkologisches ...

Berman war ein ganz gut aussehender Mann, obwohl er etwas von einem großen Affen hatte: breite, hängende Schultern, einen kurzen, plumpen Hals, lange Arme; sogar sein Mund saß straff über riesigen Zähnen. Fima war knorrig, aus seinem zerfurchten Gesicht blickten klare, helle Augen erwartungsvoll auf Berman.

»Nichts, Fima. Gar nichts macht man in solchen Fällen. Ein Sauerstoffkissen.«

»Das Ersticken kann sehr langsam vor sich gehen. Sehr qualvoll.«

»Gib ihm Morphium oder so was.«

»Gut, alles klar«, brummte Fima.

Er hatte trotz allem gehofft, der kluge Berman wüßte etwas, was er selbst vergessen hatte. Aber ein solches Wissen gab es nicht.

7

Vater Viktor kam gegen neun. Sandalen an den nackten Füßen und in einem sackartigen Hemd, das er in seine helle kurze Hose gestopft hatte. In der Hand trug er ein Diplomatenköfferchen und eine prallgefüllte Plastiktüte. Das Basecap mit den unschuldigen grünen Buchstaben N und Y nahm er ab, als er hereinkam, und balancierte es auf dem Ellenbogen. Er grüßte mit einem Lächeln, das seine kurze Nase in Falten legte.

Es war Sonnabend und die Gesellschaft deshalb zahlreich: Valentina, Joyka mit einem grauen Dostojewski-Band unterm Arm, Irina, T-Shirt, Faina, Libin mit Freundin – die üblichen Besucher; dazu noch die Schwestern Beginski aus Washington; der amerikanische Maler Rudy, mit dem Alik durch verschiedene gemeinsame Aktionen befreundet war; eine Besucherin aus Moskau, die niemand kannte und die sich so undeutlich vorgestellt hatte, daß keiner ihren Namen wußte; Schmul aus Odessa und der Hund Kipling, den eine alte Bekannte für ein paar Tage hiergelassen hatte.

Alik wurde aus dem Schlafzimmer getragen und in einen Sessel gesetzt, von allen Seiten mit Kissen gestützt. Das war sein Stammplatz. Alle schlenderten träge in der Wohnung umher, tranken ein bißchen und unterhielten sich laut. Auf dem Tisch stand, was die Besucher mitgebracht hatten: Eis und eine riesige Nußtorte schmolzen vor sich hin. Es sah eher nach einer Vernissage aus als nach Sterben.

Vater Viktor schien einen Augenblick verwirrt. Aber Nina nahm schnell seinen abgewinkelten Ellenbogen, auf dem noch immer das Basecap lag, und führte ihn zum Tisch.

»Heeerzchen, du sehnst dich ja so sehr nach Ruuuhe«, sang Schmul mit süßer Summe und übertönte damit stellenweise die indianischen Flöten und Trommeln, die unermüdlich von unten heraufdröhnten.

Faina hielt eine lange, schlaffe Stoffpuppe im Arm, die Alik darstellte. Diese prophetische Puppe hatte ihm seine Freundin Anka Krön, die inzwischen in Israel lebte, mal zum Geburtstag geschenkt. Alik sprach für die Puppe:

»Oh, drücken Sie mich nicht so heiß! Oh, Faina, sagen Sie mir bitte ganz aufrichtig, wie vor Gott: Haben Sie Knoblauch gegessen?«

Der Priester lächelte, nahm Faina die Puppe ab, schüttelte ihre rosige Hand und sagte:

»Ich bin sehr erfreut, Sie kennenzulernen.«

Alle lachten, und er warf die Puppe Faina auf den Schoß.

Nina nickte kurz; Schmul verstummte augenblicklich, Libin hob Alik mühelos aus dem Sessel und trug ihn wie ein Kind ins Schlafzimmer.

Die Besucherin aus Moskau zuckte zusammen – das war schwer mit anzusehen. Überhaupt, solange Alik lag oder saß, war scheinbar alles ziemlich normal: ein Kranker im Kreise seiner Freunde. Aber der Wechsel von einer Lage in die andere erinnerte sofort daran, daß hier etwas Furchtbares geschah. Klare, lebendige Augen und ein lebloser Körper ... Und im Frühjahr, hieß es, war er noch allein aus dem Schlafzimmer ins Atelier gelaufen.

Alik wurde ins Schlafzimmer gelegt, und Vater Viktor ging zu ihm. Nina stand eine Weile an der Tür, dann verließ sie das Schlafzimmer und setzte sich davor auf den Fußboden, den Rücken gegen die Tür gelehnt. Sie wirkte zugleich wachsam und entrückt. Sie war halb betrunken, hielt sich aber gut.

Wie dumm und lächerlich, dachte Alik. Er sieht ganz sympathisch aus, ich hätte mich nicht darauf einlassen sollen.

Vater Viktor setzte sich auf eine Fußbank am Bett, dicht neben Alik.

»Ich habe gewisse professionelle Schwierigkeiten«, begann er überraschend, »sehen Sie, die meisten Menschen, mit denen ich zu tun habe, die Mitglieder meiner Gemeinde, sind überzeugt, ich könne alle ihre Probleme lösen, und wenn ich das nicht tue, dann ausschließlich aus pädagogischen Erwägungen. Aber so ist es überhaupt nicht.« Er lächelte und entblößte dabei seinen fast zahnlosen Mund. Alik erkannte, daß auch der Priester die ganze dumme Peinlichkeit der Situation empfand, und verspürte eine gewisse Erleichterung.

Die Krankheit quälte Alik nicht mit Schmerzen. Er litt unter immer heftiger werdender Atemnot und dem unerträglichen Gefühl, sich aufzulösen. Mit dem Körpergewicht, mit dem lebendigen Fleisch der Muskeln verließ ihn das fühlbare Leben, und darum waren ihm die halbnackten Frauen so angenehm, die von früh bis spät an ihm hingen. Alik hatte lange keine neuen Gesichter um sich gesehen, und dieser Mann mit der einen schlampig rasierten Wange – er trug entgegen der Tradition nur einen schmalen kurzen Bart – und mit den braungrün gesprenkelten Augen prägte sich ihm deutlich ein, mit fotografischer Exaktheit.

»Nina wollte unbedingt, daß ich mit Ihnen spreche«, setzte der Priester fort. »Sie denkt, ich kann Sie taufen, das heißt Sie überreden, sich taufen zu lassen. Und ich konnte ihr die Bitte, Sie zu besuchen, nicht abschlagen.«

Die Musik unter dem Fenster jaulte, prasselte, verröchelte und lebte erneut auf. Alik verzog das Gesicht.

»Ich bin doch ungläubig, Vater Viktor«, sagte Alik traurig.

»Nicht doch! Nicht doch!« Vater Viktor winkte ab. »Wirklich Ungläubige gibt es kaum. Das ist ein psychologisches Klischee, das Sie wohl aus Rußland mitgebracht haben. Ich versichere Ihnen, Ungläubige gibt es nicht. Besonders unter kreativen Menschen. Der Inhalt des Glaubens ist verschieden, und je höher der Intellekt, desto komplizierter die Form des Glaubens. Zudem gibt es eine Art intellektueller Keuschheit, die direkte Erörterungen und undifferenzierte Urteile scheut. Man hat immer die vulgären Beispiele religiöser Primitivität vor Augen. Und das ist schwer zu ertragen.«

»Das verstehe ich sehr gut, ich habe meine Frau im Haus«, reagierte Alik.

Der Priester mit seiner ehrlichen Ernsthaftigkeit gefiel ihm. Und er ist absolut nicht dumm, dachte Alik verwundert. Ninas entzückte Ausrufe über den weisen, heiligen Priester hatten ihn seit langem geärgert, und dieser Ärger war nun verflogen.

»Bei Nina«, Vater Viktor deutete zur Tür, »und überhaupt bei den meisten Frauen, geht alles nicht durch den Kopf, sondern durch das Herz. Sie sind wunderbare Wesen, ganz erstaunliche, wunderbare Wesen.«

»Sie sind ja ein Frauenliebhaber, Vater Viktor, genau wie ich«, stichelte Alik. Aber der Priester schien ihn nicht zu verstehen.

»Ja, ich bin ein schrecklicher Frauenliebhaber, mir gefallen fast alle Frauen«, bekannte er. »Meine Frau hat immer zu mir gesagt, ohne mein Priesteramt wäre ich bestimmt ein Don Juan.«

Was für schlichte Gemüter es doch gibt, dachte Alik.

Der Priester spann sein Thema weiter:

»Sie sind großartig. Alles würden sie opfern für die Liebe. Ihr ganzer Lebensinhalt ist oft die Liebe zu einem Mann, und ... sie wird zu einer Art Kompensation. Aber hin und wieder, sehr selten, begegne ich ganz außergewöhnlichen Fällen: Die habgierige, besitzergreifende Liebe wandelt sich, und sie gelangen durch das Niedere, Alltägliche direkt zur Göttlichen Liebe. Das beeindruckt mich immer wieder. Ich glaube, auch Ihre Nina ist ein solcher Fall. Als ich hier eintrat, ist mir sofort aufgefallen, wie viele schöne Frauen um Sie sind, lauter gute Gesichter ... Sie lassen Sie nicht im Stich, Ihre Freundinnen. Sie alle sind im Grunde, unter ihrer Schale, Friedensbringerinnen wie die Frauen am Grabe Christi.«

Der Priester war noch nicht alt, etwas über fünfzig, aber er sprach altmodisch gehoben.

Natürlich aus der ersten Emigration, vermutete Alik.

Die Bewegungen des Priesters waren ein wenig fahrig und unbeholfen. Auch das gefiel Alik.

»Schade, daß wir uns nicht früher kennengelernt haben«, sagte er.

»Ja, ja, eine Plage, diese Hitze«, antwortete der

Priester zerstreut, denn er kam nicht los vom Thema Frauen, das ihn so inspirierte. »Wissen Sie, darüber könnte man eine ganze Doktorarbeit schreiben, über den Unterschied im Glauben von Frauen und Männern.«

»Irgendeine Feministin hat die bestimmt schon geschrieben. Vater Viktor, bitten Sie doch Nina, uns eine Margarita zu bringen. Mögen Sie Tequila?« fragte Alik.

»Ja, ich glaube schon«, antwortete der Priester unsicher.

Er stand auf und öffnete die Tür einen Spalt. Davor saß noch immer Nina, eine brennende Frage im Gesicht.

»Alik möchte eine Margarita«, sagte er zu Nina, die nicht gleich verstand. »Zwei Margaritas.«

Nach ein paar Minuten brachte Nina zwei breite Gläser und ging wieder, den beiden einen verständnislosen Blick über die Schulter zuwerfend.

»Na dann, trinken wir auf die Frauen?« schlug Alik mit seinem gewohnten freundlichen Spott vor. »Sie müssen mich tränken.«

»Ja, ja, gern.« Vater Viktor steckte Alik linkisch den Strohhalm in den Mund.

Er hatte im Leben schon manches gesehen, aber so etwas war ihm noch nie widerfahren. Er hatte Sterbenden die Sakramente erteilt, ihnen die Beichte abgenommen, sie mitunter getauft, aber noch nie hatte er einen mit Tequila getränkt.

Vater Viktor stellte sein Glas auf den Boden und redete weiter:

»Im männlichen Glauben geht es um Streit. Erinnern Sie sich an Jakobs nächtlichen Zweikampf mit dem Engel? Ein Krieg für sich selbst, um auf die nächste Stufe zu gelangen. In diesem Sinne bin ich Evolutionist. Die Idee der Rettung ist doch allzu pragmatisch, finden Sie nicht?«

Alik hatte den Eindruck, der Priester sei angesäuselt. Er konnte nicht sehen, daß er nicht einmal an seinem Glas genippt hatte. Aber Alik spürte Wärme im Magen, und das war angenehm, denn seine Empfindungen wurden immer rarer.

»Ich glaube, der unvergleichliche Serafim Sarowski hat genau diesen Kampf für den Glauben als ›Erringung des Heiligen Geistes‹ bezeichnet. Ja ...« Er verstummte, traurig und nachdenklich.

Er wußte genau, daß er nicht die geistliche Berufung besaß, die sein Großvater gehabt hatte.

Die indianische Musik, von sich selbst erschöpft, hatte aufgehört. Nun drang schöner, menschlicher Lärm durchs Fenster.

Wie schwach ich geworden bin, dachte Alik.

Irgendwie rührte ihn dieser gutherzige und tapfere Mann. Warum er ihm tapfer vorkam, darüber mußte er nachdenken ... Vielleicht weil er keine Angst hatte, lächerlich zu wirken.

»Nina bekniet mich, ich soll mich endlich taufen lassen. Sie weint. Sie mißt dem große Bedeutung bei.

Aber meiner Ansicht nach ist das eine leere Formalität.«

»Nicht doch, nicht doch! Für mich sind ihre Argumente sehr überzeugend. Aber ich habe leicht reden«, er breitete verlegen die Arme aus, als geniere er sich seiner Privilegien, »ich weiß ganz sicher, daß zwischen uns ein Dritter existiert.« Er wurde noch verlegener und rutschte auf der Fußbank hin und her.

Tödliche Wehmut erfaßte Alik. Er spürte keinen Dritten. Und überhaupt, den Dritten, den gab's nur in Witzen. Auf einmal quälte es ihn sehr, daß seine dumme Nina etwas fühlte und der gutmütige Priester auch, er aber, Alik, fühlte es nicht. Er empfand die Abwesenheit dieser Anwesenheit mit einer Intensität, mit der die Anwesenheit selbst womöglich kaum zu empfinden war.

»Aber ich bin bereit, ihr den Gefallen zu tun.« Alik schloß die Augen vor tödlicher Müdigkeit.

Vater Viktor rieb den beschlagenen Fuß seines Glases an seiner Hose trocken und stellte das Glas auf den Tisch.

»Ich weiß nicht, wirklich, ich weiß nicht, verweigern kann ich Ihnen das nicht, Sie sind schwer krank. Aber irgendwie geht es so nicht. Gestatten Sie mir, darüber nachzudenken. Wissen Sie, lassen Sie uns gemeinsam beten. Wie wir es vermögen.«

Er öffnete sein Köfferchen, nahm sein Priestergewand heraus, zog Leibrock und Epitrachelion über seine Zivilkleidung und band sich langsam die Manschetten zu. Dann küßte er das schwere Brustkreuz, mit dem sein verstorbener Großvater ihm den Segen erteilt hatte, und hängte es sich um.

Alik lag mit geschlossenen Augen da und sah nicht, wie Vater Viktor sich veränderte, wieviel schlanker und älter er nun wirkte. Der Priester wandte sich zu der kleinen Gottesmutter aus Wladimir, einem schlechten Druck mit verwaschenen Farben, der an die Wand gepinnt war, senkte seine runde, kahl werdende Stirn und flehte in Gedanken:

Herr, hilf mir, hilf mir!

In solchen Momenten fühlte er sich immer wie der kleine Junge von damals auf dem Fußballfeld hinter dem Waisenhaus für russische Kinder in Paris, das seine Großeltern während des Krieges führten und in dem er seine Kindheit verlebte. Ihm war, als stünde er wieder auf diesem Fußballfeld, in dem löchrigen Tor aus alten Seilen, wo man ihn als Jüngsten in Ermangelung eines richtigen Torwarts hingestellt hatte und wo er, völlig versteinert, seiner großen Schande harrte, weil er von vornherein wußte, daß er keinen einzigen Ball würde halten können.

8

Der riesige Ljowa Gottlieb mit dem pechschwarzen Bart geleitete respektvoll einen schlanken, stattlichen Mann, ebenfalls groß und bärtig, aus dem Aufzug. Er sah aus wie Ljowa im Zerrspiegel: alles haargenau das gleiche, nur viermal schmaler. Irina hätte sich vor Lachen fast verschluckt, beherrschte sich aber schnell wieder. Ljowa entdeckte sie in der Menschenmenge sofort und tadelte sie in ehelichem Ton:

»Ich hab doch gesagt, ich ruf dich nach dem Sabbat an, aber bei dir war nur der Anrufbeantworter dran. Ein Glück, daß ich mir die Adresse hier gleich aufgeschrieben hatte.«

Irina schlug sich an die Stirn.

»Ach du meine Güte! Ich hab ganz vergessen, daß das abends ist. Ich hab gedacht, morgen früh!«

Ljowa breitete nur die Arme aus, doch dann fiel ihm der Rabbi ein, der neben ihm stand und dessen Gesicht zugleich Strenge und Neugierde zeigte. Er verstand kein Wort Russisch.

T-Shirt stand am Tisch, einen Pappteller mit einem riesigen Stück Torte in der Hand, und sah Ljowa eindringlich an. Der stürzte auf sie zu wie ein wildgewordener Eber und packte ihren Kopf.

»Ach, Mäuschen! Mein Mäuschen!«

Er küßte sie auf den Kopf, das nun fast erwachsene Mädchen, das so lange in seinem Haus gelebt, das er auf den Topf gesetzt und in den Kindergarten gebracht und zu dem er »Töchterchen« gesagt hatte.

Mistkerl, so ein Mistkerl, dachte T-Shirt, den Kopf starr in seinen stählernen Armen. Ich hab mich so nach ihm gesehnt damals, jetzt scheiß ich drauf. Schweinebande, minderbemittelte, einer wie der andere! Sie drehte ihren stolzen Kopf ein bißchen, und Ljowa ließ sie taktvoll los.

Der Rabbi sah aus wie aus dem Bilderbuch: Er trug einen zerknitterten schwarzen Anzug von ewig altmodischem Schnitt und einen operettenhaften schwarzen Seidenhut, der geradezu danach schrie, daß jedermann sich draufsetzte. Unter der glatten Krempe quollen von der Schläfe ungebändigte buschige Strähnen hervor, die sich partout nicht ringeln wollten. Er lächelte in seinen schwarzweißen Maskeradebart und sagte: »Good evening.«

»Reb Menasche«, stellte Ljowa ihn vor. »Aus Israel.«

Genau in diesem Augenblick ging die Schlafzimmertür auf, und zu den Gästen gesellte sich der verschwitzte, rosige, sternenäugige Vater Viktor im Leibrock. Nina bestürmte ihn:

»Und?«

»An mir soll's nicht liegen, Nina. Ich werde kommen ... Wissen Sie was: Lesen Sie ihm aus dem Evangelium vor.«

»Das kennt er doch, hat er gelesen. Ich dachte, jetzt gleich.« Nina war enttäuscht. Sie war es gewöhnt, daß ihre Wünsche schnell erfüllt wurden.

Vater Viktor lächelte verlegen. »Jetzt gleich möchte er noch eine Margarita.«

Als Ljowa den Priester sah, packte er Irina am Handgelenk.

»Was soll das? Treibst du deinen Spaß?«

Irina erkannte seinen zornigen Blick und spürte einen Augenblick eher als Ljowa selbst dessen plötzlich aufflammende Erregung. Sie erinnerte sich noch genau, daß er am besten Liebe machte, wenn er vorher ein bißchen geärgert oder gekränkt wurde.

»Das ist kein Spaß, Ljowotschka.« Sie sah ihm friedfertig in die Augen und unterdrückte dabei ein Lächeln und den vorwitzigen Impuls, ihm die Hand auf die Hose zu legen. Voller Haß auf sich wegen seiner beschämenden Sinnlichkeit errötete Ljowa, drehte sich zur Seite und ereiferte sich immer mehr:

»Wie oft hab ich mir schon gesagt: Mit dir darf man sich nicht einlassen! Jedesmal gibt es Zirkus!« zischte er durch seinen vor Zorn bebenden Bart.

Das war gelogen. Die Wahrheit war lediglich, daß sie ihn mit ihrem Auszug furchtbar verletzt hatte und er seiner ständig müden Frau mit den ehelichen Pflichten heftig zusetzte, in der vergeblichen Hoffnung, ihr Irinas Musik zu entlocken, die in ihr, soviel er sie auch rütteln mochte, einfach nicht steckte.

»Du bist kein Weib, sondern das reinste Nesselfieber«, schnaubte Ljowa.

Reb Menasche sah Ljowa fragend an. Er verstand kein Russisch und kannte auch die russische Emigration nicht, obwohl es jetzt in Israel von Juden aus Rußland wimmelte, aber nicht in Safed, wo er lebte. Dorthin zogen kaum Immigranten.

Er war Sabre, gebürtiger Israeli, seine Muttersprache war Hebräisch. Er las auch Aramäisch, Arabisch und Spanisch, denn er beschäftigte sich mit der judäisch-islamischen Kultur der Epoche des arabischen Kalifats. Englisch sprach er frei, aber mit starkem Akzent. Nun lauschte er den Lauten des weichen Idioms und empfand sie als äußerst angenehm.

Nina schob sich unerschrocken zwischen die beiden Bärtigen, faßte beide Hände des Rabbiners, schüttelte ihr leuchtendes Haar und sagte auf russisch zu ihm:

»Danke, daß Sie gekommen sind. Mein Mann möchte mit Ihnen sprechen.«

Ljowa übersetzte ins Hebräische. Der Rabbi nickte mit dem Bart und sagte zu Ljowa, wobei er mit den Augen auf Vater Viktor wies, der gerade den Leibrock auszog:

»Ich staune, wie flink in Amerika die Priester sind. Kaum ruft ein Jude einen Rabbi, schon sind sie zur Stelle.«

Vater Viktor lächelte dem Kollegen der feindlichen Konfession von weitem zu – seine Gutherzigkeit war wahllos und bar aller Prinzipien. Zudem hatte er in seiner Jugend über ein Jahr in Palästina gelebt und verstand die Sprache so weit, daß er etwas Passendes erwidern konnte:

»Ich gehöre auch zu den Eingeladenen.«

Reb Menasche zuckte nicht mit der Wimper; er hatte es entweder nicht gehört oder nicht verstanden.

Inzwischen hatte Valentina Vater Viktor ein Glas mit einer trüben gelben Flüssigkeit in die Hand gedrückt, und er nippte vorsichtig daran.

Reb Menasche wandte wie gewohnt den Blick von den nackten Armen und Beinen der Männer und Frauen ab, wie er es bei sich zu Hause in Safed machte, wenn lärmende ausländische Touristen aus Ausflugsbussen auf das Pflaster seiner heiligen Stadt quollen, der Heimstatt des hohen Geistes der Mystiker und Kabbalisten. Vor zwanzig Jahren hatte er alldem den Rücken gekehrt und es nie bereut. Seine Frau Geula, die jetzt sein zehntes Kind trug, entblößte sich vor ihm niemals so schamlos wie die hier anwesenden Frauen.

Baruch ata Adonai, setzte er gewohnheitsmäßig zu einem Gebet an, dessen Sinn im wesentlichen ein Dank an den Allerhöchsten war, der ihn als Juden erschaffen hatte.

»Vielleicht essen Sie erst eine Kleinigkeit?« schlug Nina vor.

Ljowa antwortete mit einer Geste, die zugleich Dank, Erschrecken und Ablehnung ausdrückte.

Alik lag mit geschlossenen Augen da. Hinter seinen Lidern schlängelten sich auf mattschwarzem Hintergrund grelle gelbgrüne Fäden und bildeten rhythmische Ornamente, mobil und voller Sinn, doch Alik, der früher einmal intensiv das klassische Alphabet altertümlicher Teppiche studiert hatte, versuchte vergebens, die Grundelemente zu erfassen, aus denen dieses mäandernde Muster bestand.

»Alik, du hast Besuch.« Nina hob seinen Kopf an, wischte ihm mit einem feuchten Handtuch über die Stirn und rieb ihm die Brust ab. Dann deckte sie das orangefarbene Laken auf und wedelte damit über seinem flachen, nackten Körper, und Reb Menasche staunte noch einmal über die allgemeine amerikanische Schamlosigkeit.

Sie scheinen überhaupt nicht zu begreifen, was Nacktheit ist. Aus alter Gewohnheit lenkte er seine Gedanken auf die Urquelle, wo dieses Wort zum erstenmal ausgesprochen wurde.

»Und sie waren beide nackt und schämten sich nicht.« Mose eins, zweites Kapitel. Wo leben diese Kinder? Warum schämen sie sich nicht? Sie sehen nicht lasterhaft aus, eher unschuldig. Oder haben wir etwa verlernt, die Bibel zu lesen? Oder ist die Bibel für andere Menschen geschrieben, die sie auf andere Weise lesen?

Nina hob Aliks Knie an und legte sie aneinander, aber die Beine knickten hilflos wieder ab.

»Laß nur, laß«, sagte Alik, der die Augen noch immer geschlossen hielt und die letzte Windung des Ornaments betrachtete.

Nina schob ihm ein Kissen unter die Knie.

»Danke, Ninotschka, danke«, reagierte er und öffnete die Augen.

Ein großer schlanker Mann in Schwarz, den Kopf zur Seite geneigt, so daß die Krempe seines glänzenden schwarzen Hutes beinah die linke Schulter berührte, stand wartend vor ihm.

»Do you do speak English, don't you?«

»I do«, sagte Alik lächelnd und zwinkerte Nina zu.

Sie ging hinaus, gefolgt von Ljowa.

Der Rabbi setzte sich auf die Fußbank, die noch warm war vom Gesäß des Priesters, und legte nach kurzem Zögern seinen staubigen Hut auf Aliks Bettkante. Nun war der große Mann in der Mitte eingeknickt, sein Bart lag auf seinen spitzen Knien. Seine riesigen Füße in den abgewetzten Schuhen mit Gummiband anstelle von Schnürsenkeln standen Spitze an Spitze, die Fersen gespreizt. Er war ernst und konzentriert; auf dem Polster aus schwarzem, graumeliertem Haar saß eine kleine gelbe Kipa, mit einer dünnen Haarnadel festgesteckt.

»Die Sache ist die, Rabbi: Ich sterbe«, sagte Alik.

Der Rabbi hüstelte und bewegte die langen, ineinandergehakten Finger. Er hegte kein spezielles Interesse für den Tod.

»Verstehen Sie, meine Frau ist Christin und möchte, daß ich mich taufen lasse. Daß ich Christ werde«, erklärte Alik und schwieg. Das Sprechen fiel ihm immer schwerer. Und überhaupt hatte er keinen Spaß mehr an der ganzen Sache.

Der Rabbi schwieg ebenfalls, streichelte seine Finger und fragte dann:

»Wie sind Sie denn auf diesen Unsinn verfallen?« Er gebrauchte fälschlicherweise eine englische Wendung, die einen Unfug ganz anderer Art bezeichnete, präzisierte aber seinen Gedanken, indem er sagte:

»Eine Torheit.«

»Eine Torheit für die Griechen. Aber ist es nicht für die Juden eine Versuchung?*« Die Fähigkeit, elegant und schnell zu reagieren, hatte Alik noch nicht eingebüßt, trotz der dumpfen Versteinerung, die er im Körper kaum noch spürte, seit ein paar Tagen aber im Gesicht wahrnahm.

»Und warum glauben Sie, ein Rabbi müsse die Texte Ihres Apostels kennen?« fragte Menasche mit hellen, freudig leuchtenden Augen.

»Gibt es denn etwas, das ein Rabbi nicht kennt?« parierte Alik.

Sie stellten einander Fragen, ohne Antworten zu

---

* In der deutschen Übersetzung lautet das entsprechende Bibelzitat: »Wir aber predigen den gekreuzigten Christus, den Juden ein **Ärgernis** und den Griechen eine Torheit.« (Paulus an die Korinther, 1,23) bekommen, wie in einem jüdischen Witz, aber sie verstanden sich weit besser, als man eigentlich annehmen sollte. Sie hatten nichts gemeinsam, weder in ihrer Erziehung noch in ihrer Lebenserfahrung. Sie aßen verschiedene Speisen, sprachen verschiedene Sprachen, lasen verschiedene Bücher. Beide waren sie gebildet, aber ihre Wissensgebiete hatten kaum Berührungspunkte. Alik wußte nichts über den Kalam, die islamische scholastische Theologie, mit der sich Reb Menasche seit zwanzig Jahren beschäftigte, und nichts von Gaon Saadja, dessen Werke der Rabbi in all diesen Jahren unermüdlich kommentierte, und der Rabbi hatte noch nie etwas gehört von Malewitsch, von Chirico, von ...

»Was denn, gibt es außer einem Rabbi niemanden mehr, bei dem Sie Rat holen können?« fragte Reb Menasche mit stolzer und komischer Bescheidenheit.

»Warum soll sich denn ein Jude vor dem Tod nicht Rat holen bei einem Rabbi?«

Dieser scherzhafte Dialog war tiefer als seine Oberfläche; beide wußten das, und mit ihren unsinnigen Fragen tasteten sie sich an das Wichtigste heran, was zwischen Menschen geschieht, an die Berührung, die eine unauslöschliche Spur hinterläßt.

»Die Frau tut mir leid. Sie weint. Was soll ich tun, Rabbi?« seufzte Alik.

Der Rabbi hörte auf zu lächeln, nun war sein Augenblick gekommen.

»Ailik!« Er rieb sich den Nasenrücken und bewegte seine riesigen Schuhe. »Ailik! Ich lebe fast ausschließlich in Israel. Ich bin zum erstenmal in Amerika. Ich bin jetzt drei Monate hier. Ich bin erschüttert. Ich befasse mich mit Philosophie. Mit jüdischer Philosophie, und das ist etwas ganz Besonderes. Für den Juden ist die Grundlage für alles die Thora. Wenn er die Thora nicht liest, ist er kein Jude. Im Altertum gab es bei uns den Begriff ›gefangene Kinder‹. Wenn jüdische Kinder in Gefangenschaft geraten und ohne Thora sind, ohne jüdische Erziehung und Bildung, dann sind sie nicht schuld an diesem Unglück. Sie nehmen es vielleicht nicht einmal wahr. Aber die jüdische Welt ist verpflichtet, die Sorge um diese Waisenkinder auf sich zu nehmen, selbst wenn sie schon in vorgerücktem Alter sind.

Hier in Amerika habe ich eine ganze Welt gesehen aus ›gefangenen Kindern‹. Millionen Juden sind in der Gefangenschaft der Heiden. Die Geschichte der Juden hat solche Zeiten noch nie gekannt, weder vor der Zerstörung des Tempels noch in der talmudischen Epoche. Immer gab es Abtrünnige und gewaltsam Getaufte, und gefangene Kinder gab es nicht nur unter der Herrschaft Babylons. Aber heute, im zwanzigsten Jahrhundert, gibt es mehr gefangene Kinder als eigentliche Juden. Das ist ein Prozeß. Und wenn es ein Prozeß ist, dann liegt darin Gottes Wille. Darüber denke ich die ganze Zeit nach. Und werde noch lange darüber nachdenken.

Und Sie reden von Taufe! Also von den ›gefangenen Kindern‹ zu den Abtrünnigen? Andererseits kann man Sie gar nicht als Abtrünnigen bezeichnen, denn strenggenommen sind Sie ja gar kein Jude. Und letzteres ist schlimmer als das erste, das würde ich dazu sagen. Aber ich sage Ihnen noch etwas, wieder andererseits: Ich hatte im Grunde nie eine Wahl.«

Interessant, der hatte auch keine Wahl. Warum hatte ich immer die Wahl, einen ganzen Arsch voll, dachte Alik.

»Ich bin als Jude geboren«, Menasche schüttelte seine üppigen Peies, »das war ich von Anfang an, und das werde ich bleiben bis an mein Ende. Ich habe es leicht. Sie haben die Wahl. Sie können ein Niemand sein, denn das bedeutet für meine Begriffe Heide sein, oder Sie könnten Jude werden, wofür Sie die beste Voraussetzung haben: Ihr Blut. Aber Sie können auch Christ werden, also, wie ich es auffasse, die Brosamen auflesen, die vom jüdischen Tisch gefallen sind. Dabei will ich gar nicht sagen, ob diese Brosamen gut sind oder schlecht, ich sage nur, das Gewürz, das die Geschichte ihnen beigemengt hat, war sehr zweifelhaft ... Und wenn wir ganz offen sind: Ist die christliche Idee der Opferung Christi, der als Hypostase des Allerhöchsten gilt, nicht der größte Triumph des Heidentums?«

Er kaute auf seiner roten Lippe, sah Alik noch einmal aufmerksam an und sagte zum Schluß:

»Meiner Ansicht nach sollten Sie lieber ›gefangen‹

bleiben. Ich versichere Ihnen, es gibt Dinge, die entscheiden wir Männer, nicht unsere Frauen. Etwas anderes kann ich Ihnen nicht sagen.«

Reb Menasche erhob sich von der unbequemen Fußbank, und ihm wurde schwindlig. Er beugte sich von seiner stattlichen Höhe zu Alik hinunter und verabschiedete sich von ihm:

»Ich sehe, Sie sind müde. Ruhen Sie sich aus.«

Er murmelte noch ein paar Worte, die Alik nicht verstand. Sie waren in einer anderen Sprache.

»Rabbi, warten Sie, ich wollte zum Abschied noch etwas mit Ihnen trinken«, hielt Alik ihn zurück.

Libin und Rudy trugen Alik ins Atelier hinüber und setzten oder besser verfrachteten ihn in den Sessel.

Ein Gelähmter, dachte Vater Viktor. Das Wunder ist so nahe. Schreien. Aufs Dach steigen und ihn hinablassen ... Mein Gott, warum gelingt uns das nicht?

Besonders traurig machte ihn, daß er genau wußte, warum.

Ljowa wollte den Rabbi sofort von hier wegbringen. Doch Nina bot ihnen etwas zu trinken an.

Ljowa lehnte entschieden ab, aber der Rabbi sagte etwas zu ihm, und Ljowa fragte Nina:

»Haben Sie Wodka und Pappbecher?«

»Ja«, sagte Nina erstaunt.

»Gießen Sie uns welchen in Pappbecher«, bat er.

Von der Straße wehte Musik herein wie Müllgestank. Außerdem war es heiß. Die auch nachts nicht nachlassende New Yorker Hitze verstärkte gegen Abend die Gereiztheit, und viele wurden bei diesem Wetter von Schlaflosigkeit geplagt, besonders Neuankömmlinge, deren Körper noch an ein anderes Klima gewöhnt war. Das traf auch auf den Rabbi zu; er war zwar an Hitze gewöhnt und vertrug sie auch, aber in Israel, jedenfalls dort, wo er seit einigen Jahren lebte, wurde die Hitze des Tages in der Nacht von Kühle abgelöst, und man konnte sich nachts von der Sonnenglut erholen.

Nina brachte zwei Pappbecher und reichte sie den beiden Bärtigen.

»Ich bringe Sie gleich zurück in die Jeschiwa«, sagte Ljowa zum Rabbi.

»Ich habe es nicht eilig«, erwiderte der, denn er dachte an sein stickiges Zimmer im Wohnheim der Jeschiwa und das stundenlange vergebliche Warten auf den Schlaf.

Alik lag im Sessel, und um ihn herum lärmten, lachten und tranken seine Freunde, scheinbar jeder für sich, doch sie alle waren ihm zugewandt, und er spürte das. Er genoß die Alltäglichkeit, und er, der ein Leben lang auf der Jagd nach Phantomen aus Form und Farbe gewesen war, wußte jetzt, daß es in seinem Leben nichts Besseres gegeben hatte als diese sinnlosen Gelage, die alle, die ihn besuchten, durch Wein, Fröhlichkeit und menschliche Wärme vereinten in diesem Atelier, wo es nicht einmal einen richtigen Tisch gab, nur eine zerkratzte Tischplatte auf zwei Holzböcken.

Ljowa und der Rabbi saßen in wackligen Sesseln. Vor Jahren, als Alik sich hier einrichtete, waren die Müllkippen der Umgebung noch wahre Fundgruben: Sessel, Stühle, das kleine Sofa – alles stammte von dort. Gegenüber von Ljowa und Menasche hing ein großes Bild von Alik. Es war der Saal des Heiligen Abendmahls mit dem Dreibogenfenster und dem Tisch mit dem weißen Tischtuch. Niemand saß daran, dafür lagen auf dem Tisch zwölf große Granatäpfel, akribisch gemalt, mit rauher Oberfläche, lila, purpurrot und rosa schillernd, mit übergroßem gezackten Blütenansatz und plastischen Eindellungen, an denen die Struktur der Früchte erkennbar war, ihre vielen kleinen Zellen voller Kerne. Vor dem Fenster mit den drei Bögen lag das Heilige Land. So, wie es heute aussah, nicht wie in Leonardo da Vincis Phantasie.

Der Rabbi, weder ein Kenner noch ein Freund der Malerei, starrte auf das Bild. Zuerst sah er die Granatäpfel. Es war ein alter Streit, welche Frucht Eva verführt hatte, Apfel, Pfirsich oder Granatapfel. Den Raum auf dem Bild kannte er auch. Dieser Saal lag genau über Davids Grab, in der Altstadt von Jerusalem.

Trotz allem spricht aus ihm eine typisch jüdische Keuschheit, schloß er, während er das Bild betrachtete. Die Menschen hat er durch Granatäpfel ersetzt. Genau das ist der springende Punkt. Armer Kerl, dachte er traurig.

Der Rabbi war ein echter Israeli, geboren zwei Tage nach der Proklamation des Staates. Sein Großvater war Zionist und Initiator einer der ersten landwirtschaftlichen Kolonien, sein Vater lebte für die Hagana, und er selbst hatte sowohl gekämpft als auch gepflügt. Geboren wurde er vor den Mauern der Altstadt von Jerusalem, neben der Montefiore-Windmühle, und der erste Blick aus dem Fenster, an den er sich erinnerte, war der auf das Zionstor.

Er war zwanzig, als er, kurz nach den Panzern, zum erstenmal das Innere dieser Mauern betrat. Es roch noch nach Rauch und Eisen. Er kletterte überall herum, erforschte das ganze Gewirr der arabischen Gassen, sämtliche Dächer der christlichen und armenischen Viertel. Die christlichen Heiligtümer von Jerusalem erschienen ihm zweifelhaft, ebenso die meisten jüdischen. Der Abendmahlssaal erfüllte ihn mit besonderem Mißtrauen: Das geheime österliche Treffen konnte unmöglich auf den Gebeinen des Großen Königs stattgefunden haben. Im übrigen flößte ihm die Grabkammer Davids auch nicht gerade Vertrauen ein. Die ganze wunderbare Welt aus zartem weißen Stein, flimmerndem Licht und heißer Luft, die er so liebte, war voller historischer und archäologischer Ungereimtheiten, ganz im Gegensatz zur Welt der Bücherweisheit, die kristallklar aufgebaut war, ohne Lücken und Ungenauigkeiten, mit einer vernünftigen Entwicklung vom Niederen zum Höheren und mit paradoxen logischen Schleifen von großer Schönheit.

Was diese Erde ihm bedeutete, erkannte er zum erstenmal, als er weit weg war von Israel. Damals war er noch jung, hatte gerade die Universität absolviert und wurde nach Deutschland geschickt, um Philosophie zu studieren. Nach einem Jahr gründlichen und durchaus erfolgreichen Studiums erlosch sein Interesse an europäischer Philosophie, weil sie losgelöst war von der Grundlage des Lebens, die er einzig und allein in der Thora sah. So endete die kurze Zeit seiner akademischen Ausbildung, und in der Mitte seines dritten Lebensjahrzehnts schlug er den traditionellen Weg der jüdischen Wissenschaft ein, die im Grunde Theologie ist.

Damals heiratete er ein schweigsames Mädchen, das sich am Tag vor der Hochzeit die prächtigen rotblonden Locken abrasierte. Seitdem genoß er die Harmonie, die entstand aus der Verbindung eines bis auf die Stunde genau eingeteilten Alltags und der enormen intellektuellen Belastung, zugleich Lehrer und Lernender zu sein.

Seine Welt veränderte sich total: Informationen, die den meisten Menschen durch Radio, Fernsehen und weltliche Presse zugänglich sind, existierten für ihn nicht mehr, dafür bekam er einen Platz am

»Schulchan Aruch«*, dem Tisch, der für alle gedeckt ist, die am jüdischen geistigen Erbe teilhaben wollen, und eine munter piepsende Kinderschar.

Nach fünf Jahren erschien sein erstes Buch, in dem er die stilistischen Unterschiede zwischen Saadjas Kommentaren zum Propheten Daniel und zu den Büchern der Chronik untersuchte, und zwei Jahre später zog er nach Safed.

Seine Welt war biblisch einfach und talmudisch kompliziert, aber alles fügte sich ineinander, und die tägliche Arbeit mit den mittelalterlichen Texten verlieh der Gegenwart einen Hauch von Ewigkeit. Unten, am Fuße des Berges, blaute der See Genezareth, und hier empfand er zum erstenmal tiefe Dankbarkeit gegenüber dem Allerhöchsten – die ein Christ zweifellos pharisäisch genannt hätte – für sein glückliches Los, zugleich dienen und erkennen zu dürfen, für die Heiligkeit seiner Erde, die für viele nur ein schmuddeliger, provinzieller orientalischer Staat war, für ihn aber der unbestrittene Mittelpunkt der Welt, gegen den alle anderen Staaten mit ihrer Geschichte und ihrer Kultur sich ausnahmen wie eine Fußnote.

Durch das Gewühl der Gäste kam der Priester auf ihn zu, inzwischen ohne Leibrock.

»Ich habe gehört, Sie kommen aus Israel und hal-

---

* Hebräisch: »Gedeckter Tisch«; Sammlung jüdischer Religionsgesetze, erstmals erschienen 1567.

ten hier Judaistik-Vorlesungen?« fragte er ihn in unbeholfenem Schulenglisch.

Menasche stand auf. Er hatte noch nie mit einem Priester gesprochen.

»Ja, ich unterrichte zur Zeit an der New Yorker Jeschiwa. Ich beschäftige mich mit der judäisch-arabischen Epoche.«

»Dort gibt es ausgezeichnete Vorlesungen. Ich habe vor einiger Zeit ein Buch gelesen, eine Vorlesungsreihe zur biblischen Archäologie, herausgegeben von der Jeschiwa«, sagte der Pope und lächelte erfreut. »Aber Ihr judäisch-arabisches Thema ist wahrscheinlich als versteckter Seitenhieb auf die heutige Zeit aufzufassen?«

»Als Seitenhieb?« Der Rabbi verstand nicht gleich. »Nein, nein, mich interessieren keine politischen Parallelen, ich befasse mich mit Philosophie«, sagte der Rabbi beunruhigt.

Alik rief Valentina zu sich.

»Valentina, hab ein Auge auf die beiden, daß sie mir nicht nüchtern bleiben.«

Valentina, dick und rosig, trug drei Pappbecher, die sie an die Brust drückte, zu den dreien und stellte sie vor Ljowa hin.

Sie tranken einträchtig, und kurz darauf rückten ihre Köpfe näher zusammen, sie nickten mit den Bärten, schüttelten die Köpfe und gestikulierten, und Alik, hochzufrieden, blickte zu ihnen hinüber und sagte zu Libin:

»Ich glaube, ich habe heute mit Erfolg den Saladin gespielt.«

Valentina suchte Libins Blick und nickte in Richtung Küche. Kurz darauf bedrängte sie ihn in einer stillen Ecke:
»Ich kann sie nicht bitten, frag du.«
»Na klar, du kannst nicht, aber ich kann«, erwiderte Libin gekränkt.
»Hör auf. Wenigstens für einen Monat muß dringend gezahlt werden.«
»Wir haben doch erst vor kurzem gesammelt.«
Valentina zuckte die Achseln. »Na ja, vor kurzem, vor einem Monat. Meinst du, ich hab's am meisten nötig? Ich hab letzten Monat das Telefon bezahlt, lauter Ferngespräche, Nina telefoniert viel, wenn sie betrunken ist.«
»Sie hat doch neulich erst was gegeben«, bemerkte Libin.
»Na gut, dann frag eben einen anderen. Vielleicht Faina?«
Libin lachte; Faina hatte Schulden bis über beide Ohren, und es gab hier niemanden, dem sie nicht mindestens einen Zehner schuldete. Libin blieb nichts anderes übrig, als zu Irina zu gehen.

Mit Geld sah es nicht nur schlecht aus – es war die reine Katastrophe. Alik hatte in den letzten Jahren vor seiner Krankheit wenig verkauft, und nun, da er überhaupt nicht mehr arbeitete und die Galerien nicht mehr abklappern konnte, war sein Einkommen gleich Null, besser gesagt, unter Null. Die Schulden wuchsen. Solche, die unbedingt beglichen werden mußten, wie Miete und Telefonrechnung, und solche, die nie mehr beglichen würden, wie die Arztkosten.

Außerdem war da noch eine unangenehme Geschichte, die sich schon über Jahre hinzog: Zwei Galeristen aus Washington, die für Alik eine Ausstellung organisiert hatten, rückten zwölf Bilder von ihm nicht mehr raus. Daran war Alik zum Teil selbst schuld. Wäre er wie verabredet an dem Tag gekommen, als die Ausstellung schloß, und hätte selbst alles abgeholt, wäre das nicht passiert. Aber da er den Verkauf dreier Bilder, von dem ihn die Galeristen informiert hatten, schon vorab feierte, wozu er sich Geld geborgt hatte und mit Nina nach Jamaika gefahren war, erschien er nicht bei Ausstellungsende. Als er zurückkam, raffte er sich auch nicht gleich auf. Ein paar Monate vergingen, er rief an, wollte wissen, warum der Scheck für die verkauften Bilder noch nicht eingegangen sei, und bekam zu hören, die Bilder seien zurückgegeben worden, und überhaupt, wo er bliebe, sie hätten seine Bilder anderweitig unterbringen müssen, weil in der Galerie kein Platz sei. Das war eine glatte Lüge.

Alik bat Irina um Hilfe. Dabei stellte sich heraus, daß Alik, als er den Vertrag unterschrieb, die Kopie bei den Galeristen gelassen hatte, und die nutzten nun seine Nachlässigkeit aus und wurden unverschämt. Irina konnte in dieser Situation kaum etwas unternehmen; ihr einziger Trumpf war der Katalog der Galerie, in dem die Ausstellung angekündigt und eins von Aliks Bildern abgedruckt war. Und zwar eins von denen, die angeblich verkauft waren. Irina klagte gegen die Galeristen, und während die Sache sich hinzog, schrieb sie Alik ächzend einen Scheck über fünftausend Dollar aus. Sie erklärte ihm, die habe sie erkämpft. Sie gab tatsächlich nicht die Hoffnung auf, das Geld noch zu bekommen.

Das war zu Beginn des letzten Winters gewesen. Als sie den Scheck brachte, freute Alik sich schrecklich.

»Mir fehlen die Worte. Mir fehlen einfach die Worte. Wir zahlen gleich die Miete, und dann kaufen wir endlich einen Pelzmantel für Nina.«

Irina war empört, schließlich gab sie ihm ihr schwerverdientes Geld nicht für einen Pelzmantel. Aber es war nichts zu machen, die Hälfte des Geldes ging für einen Pelzmantel drauf. So war es nun einmal Usus bei Alik und Nina. Billigen Plunder mochten sie nicht.

Verfluchte Boheme, dachte Irina ärgerlich, anscheinend haben sie hier noch nicht genug Scheiße fressen müssen. Nachdem sie ihrem Ärger Luft gemacht hatte, beschloß sie, die beiden zwar weiter zu unterstützen, aber nur noch mit kleinen Summen, nur für den jeweiligen Bedarf. Schließlich war sie eine alleinstehende Frau mit Kind. Und nicht so reich, wie die beiden glaubten. Ganz zu schweigen davon, wie sauer sie ihr Geld verdiente.

Als Libin auf sie zukam, zückte sie schon ihr Scheckbuch. Die kleinen Summen wuchsen wie kleine Kinder, ganz unmerklich.

9

Die drei bärtigen Männer traten auf die Straße. Ljowa fühlte sich keineswegs betrunken, aber er konnte sich partout nicht erinnern, wo er sein Auto abgestellt hatte. Dort, wo er es vermutete, stand ein fremder Pontiac mit langem Heck.

»Sie haben ihn abgeschleppt, abgeschleppt.« Vater Viktor lachte wie ein Kind, ohne jede Bosheit.

»Hier ist doch kein Parkverbot, wieso abgeschleppt?« ereiferte sich Ljowa. »Bleiben Sie hier stehen, ich schau um die Ecke nach.«

Der Rabbi zeigte nicht das geringste Interesse dafür, mit welchem Auto er nach Hause gefahren würde; viel mehr interessierte ihn, was der komische Mann mit dem Basecap redete.

»Also, mit Ihrer Erlaubnis fahre ich fort. Das erste Experiment verlief, kann man sagen, erfolgreich. Die Diaspora war äußerst nützlich für die ganze Welt. Natürlich, ihr habt einen Rest bei euch dort gesammelt. Aber wie viele Juden sind assimiliert, sind in jedem Land vertreten in Kultur und Wissenschaft. Ich bin ja in gewisser Hinsicht judophil. Im übrigen schätzt jeder normale Christ das auserwählte Volk. Und wissen Sie, es ist ungeheuer wichtig, daß die Juden ihr wertvolles Blut an alle Kulturen, an alle Völker weitergeben, denn was vollzieht sich auf diese Weise? Ein weltweiter Prozeß! So sind die Russen aus ihrem Ghetto rausgekommen und auch die Chinesen. Sehen Sie sich nur die jungen amerikanischen Chinesen an, unter ihnen sind die besten Mathematiker und großartige Musiker. Und dann, die Mischehen! Verstehen Sie, was ich meine? Es entsteht ein neues Volk!«

Der Rabbi verstand sehr wohl, was sein Opponent meinte, billigte aber dessen Idee ganz und gar nicht und bewegte mummelnd die Lippen.

Drei Becher oder vier Becher, versuchte er sich zu erinnern. Wieviel auch immer, auf jeden Fall zuviel.

»Das sind sie, die neuen Zeiten: Keine Juden mehr, keine Griechen, und das auch ganz buchstäblich, ganz buchstäblich«, freute sich der Priester.

Der Rabbi blieb stehen und drohte ihm mit erhobenem Finger:

»Ja, ja, für Sie ist die Hauptsache, keine Juden mehr ...«

Ljowa kam angefahren, öffnete die Wagentür, half seinem Rabbi beim Einsteigen und ließ mit brüskierender Unhöflichkeit Vater Viktor ganz allein auf der Straße stehen. Der war zutiefst enttäuscht:

»Nein, wie er das verdreht hat, das habe ich doch gar nicht gemeint ...«

10

Die Gäste waren zwar nicht alle gegangen, hatten sich aber irgendwie verkrümelt. Jemand übernachtete auf dem Teppich. Dort schlief auch Nina. Heute nacht war Valentina dran. Alik war gut und schnell eingeschlafen, und Valentina kauerte an seinem Fußende. Sie hätte auch ein bißchen schlafen können, aber wie zum Trotz kam der Schlaf nicht. Sie hatte schon lange festgestellt, daß Alkohol in letzter Zeit bei ihr eine seltsame Wirkung hatte: Er vertrieb den Schlaf.

Valentina war im November einundachtzig nach Amerika gekommen. Sie war achtundzwanzig, eins fünfundsechzig groß und wog fünfundachtzig Kilo. Damals rechnete sie noch nicht in Pfund. Sie trug eine handgewebte, bestickte schwarze ukrainische Trachtenjacke. In ihrem karierten Stoffkoffer lagen ihre noch unverteidigte philologische Dissertation, mit der sie nie etwas anfangen konnte, ein komplettes Festgewand einer Wologdaer Bäuerin aus dem neunzehnten Jahrhundert und drei Antonäpfel, deren Einfuhr verboten war. Außerdem hatte sie einen amerikanischen Ehemann, der sie aus irgendeinem Grund nicht abholte. Für ihn waren die Antonäpfel, deren kräftiger Duft durch den schäbigen Koffer drang.

Vor einer Woche hatte sie ihr Ticket nach New York abgeholt, ihren Mann angerufen und ihr Kommen angekündigt. Er hatte sich allem Anschein nach gefreut und versprochen, sie abzuholen. Ihre Ehe war eine Scheinehe, aber sie waren echte Freunde. Micky hatte ein Jahr in Rußland gelebt, wo er Material über den sowjetischen Film der dreißiger Jahre sammelte und krankhaft litt unter einem anstrengenden Verhältnis mit einem kleinen Scheusal, das ihn erniedrigte, ausraubte und ihn quälend eifersüchtig machte.

Valentina lernte er in einer »angesagten« Sprachenschule kennen. Sie nahm ihn auf, flößte ihm Baldrian ein, fütterte ihn mit Pelmenis und bekam schließlich die erschütternde Beichte eines Homosexuellen zu hören, der unter der Unabänderlichkeit seiner Natur litt. Der baumlange, klapperdürre Mikky weinte und klagte Valentina seinen ganzen Kummer, wobei er zugleich psychoanalytische Kommentare abgab. Valentina staunte lange und voller Mitgefühl über die Launenhaftigkeit der Natur und nutzte eine kleine Pause in Mickys zweistündigem Monolog für die direkte Frage:

»Und mit Frauen hast du noch nie?«

Wie sich herausstellte, war auch das nicht ganz so einfach; eine siebzehnjährige Cousine, die anderthalb Jahre in seiner Familie lebte, setzte ihm, dem damals Vierzehnjährigen, mit Zärtlichkeiten zu, und als sie heimfuhr in ihr Connecticut, ließ sie ihn im Bewußtsein zermürbender Jungfräulichkeit und unauslöschlicher Sünde zurück.

Die Geschichte wirkte allzu literarisch, und am Ende des ausführlichen, emotionalen Berichts voller plastischer Details legte die erschöpfte Valentina seine beiden schmalen Hände auf ihre festen, bemerkenswerten Dattelbrüste und tat ihm mühelos Gewalt an, bei der er im übrigen volle Befriedigung fand.

Dieses Ereignis blieb ein Einzelfall in Mickys Biographie, aber sie waren sich seitdem auf ganz besondere Weise freundschaftlich nahe.

Valentina durchlebte damals gerade ihre eigene Katastrophe: den gemeinen, niederschmetternden Verrat eines Geliebten. Er war ein berühmter Dissident, hatte sogar schon gesessen und galt als Held, als makellos mutig und aufrichtig. Aber offenbar verlief bei ihm eine Naht genau zwischen Oben und Unten. Das Oben war von höchster Qualität, das Unten dagegen ziemlich verdorben. Er war ein Weiberheld, dabei nicht wählerisch und verstand es, die Frauen auszunutzen. Seine Ausreisepläne beweinten viele hübsche Freundinnen von höchst antisowjetischer Gesinnung, und zwei, drei uneheliche Kinder sollten dazu verdammt sein, sich ihr Leben lang an die schöne Legende von ihrem Heldenvater zu klammern.

Schließlich verließ er Rußland als Held, heiratete eine schöne Italienerin, die zudem auch noch reich war, und Valentina blieb unter KGB-Aufsicht und mit einer unverteidigten Dissertation zurück.

Und da bot ihr der großzügige Micky die fiktive Ehe an. Sie heirateten, und um den Schein zu wahren, feierten sie sogar Hochzeit in Kaluga, bei Valentinas Mutter, die fortan mit ihrer Tochter ausgesöhnt war, obwohl ihr der Bräutigam nicht gefiel und sie ihn »dürres Gerippe« nannte. Aber der Charme des amerikanischen Passes wirkte sogar auf sie. In der Druckerei, wo sie ihr Leben lang Putzfrau war, hatte noch niemand seine Tochter mit einem Amerikaner verheiratet.

Nachdem Valentina auf dem Kennedy-Flughafen zwei Stunden auf ihren Mann gewartet hatte, rief sie bei ihm zu Hause an, aber es ging niemand ran. Sie beschloß, zu der Adresse zu fahren, die er ihr in Rußland gegeben hatte. Sie lag, wie sie mit Hilfe einiger freundlicher Amerikaner herausfand, nicht in New York, sondern in einem Vorort. Englisch sprach Valentina nur ein paar Brocken; sie war Slawistin. Als sie sich mehr schlecht als recht orientiert hatte, machte sie sich auf den Weg.

Ein Gefühl völliger Irrealität enthob sie der normalen menschlichen Sorgen. Die Zukunft, wie sie auch sein mochte, erschien ihr immer noch besser als die Vergangenheit, von der sie die Nase voll hatte. Mit diesen beschwingten Gedanken stieg sie in einen

Bus. Sonderbarerweise nahm man kein Geld von ihr; sie verstand nicht gleich, was das Wort »free« in diesem Zusammenhang bedeutete. Als sie begriff, daß die Busfahrt kostenlos war, freute sie sich. Sie hatte fünfzig Dollar bei sich, und damit mußte sie auf jeden Fall auskommen, um zu ihrem verantwortungslosen Mann zu gelangen.

Gegen Abend, nach vielen kleinen Abenteuern und gewaltigen Reiseeindrücken, stieg sie endlich in Tarry Town aus, sog die Abendluft ein und setzte sich auf eine gelbe Bank auf dem Bahnsteig. Sie hatte anderthalb Tage nicht geschlafen, alles um sie herum schien leicht zu schwanken, und die völlige Ungewißheit und ein Gefühl von Schwerelosigkeit verursachten ihr Schwindel.

Sie blieb zehn Minuten sitzen, dann nahm sie ihr Köfferchen und trat hinaus auf einen kleinen Platz voller parkender Autos. Sie fragte einen jungen Mann, der an einer Autotür herumfummelte, wie sie zu der gesuchten Straße komme; er öffnete ihr wortlos die Beifahrertür und brachte sie zu einem schönen einstöckigen Haus, das auf einem Hügel stand und von einer gepflegten Hecke eingefaßt war. Es dämmerte schon. Vor der niedrigen Pforte aus weißen Latten blieb sie stehen.

Mickys Mutter Rachel sann seit dem Morgen über einen wunderbaren Traum nach, den sie vor dem Aufwachen gehabt hatte: Sie hatte in einem weißen Gartenhäuschen, das es in ihrem Garten in Wirklichkeit gar nicht gab, ein niedliches, molliges kleines Mädchen gefunden, und dieses Mädchen hatte ihr etwas Wichtiges und sehr Angenehmes gesagt, obwohl es noch ganz winzig war und so kleine Kinder in Wirklichkeit noch nicht sprechen können. Aber was sie gesagt hatte, daran konnte sich Rachel nicht mehr erinnern.

Als sie sich nach dem Mittag hinlegte, versuchte sie, sich das zugige Häuschen und das mollige Mädchen wieder in Erinnerung zu rufen, damit sie erneut von ihm träumte und es ihr das Wichtige sagen konnte, was es im Morgengrauen nicht ausgesprochen hatte. Aber das Mädchen tauchte nicht wieder auf, und überhaupt hatte es überhaupt keinen Zweck, darauf zu warten, denn am Tag träumte Rachel nie.

Jetzt ging sie zum Tor, leicht humpelnd, eine Jüdin mit einfachem Gesicht, unter den runden Augen dunkle Ringe von jahrelanger Schlaflosigkeit, und musterte die vor dem Tor stehende Frau mit dem Köfferchen.

»Guten Tag! Kann ich Micky sprechen?« fragte die Frau.

»Micky?« fragte Rachel erstaunt zurück. »Der wohnt nicht hier. Er wohnt in New York. Aber er ist gestern nach Kalifornien gefahren.«

Valentina stellte den Koffer ab.

»Merkwürdig. Er hat versprochen, mich abzuholen, ist aber nicht gekommen.«

»Ach! Typisch Micky!« Rachel winkte ab. »Woher kommen Sie?«

»Aus Moskau.«

Valentina stand vor dem weißen Tor, und Rachel erkannte auf einmal: Das weiße Häuschen aus ihrem Traum war gar kein Häuschen, sondern dieses Tor, und das mollige Mädchen, das war diese Frau hier, auch sie war mollig.

»Mein Gott! Und meine Eltern sind aus Warschau!« rief sie erfreut, als seien Moskau und Warschau benachbarte Straßen. »Kommen Sie doch herein!«

Ein paar Minuten später saß Valentina an einem niedrigen Tisch im Wohnzimmer und sah aus dem Fenster auf den sanft abschüssigen Garten; alle Bäume hatten ihr das Gesicht zugewandt und blickten aus der zunehmenden Dunkelheit ins hellerleuchtete Fenster.

Auf dem Tisch standen zwei dünne, mattglänzende Tassen, so leicht, als wären sie aus Papier, und eine grobe Teekanne aus Steingut. Das Gebäck sah aus wie Algen, die Nüsse waren rosa, dreikantig und hatten eine dünne Schale. Rachel, die Hände auf die gleiche typisch bäurische Art vor dem Bauch gefaltet, wie es Valentinas Mutter machte, sah Valentina mit freundlichem Interesse an, den Kopf mit dem grünen Seidenturban zur Seite geneigt. Es stellte sich heraus, daß die Russin Polnisch konnte, und darum unterhielten sie sich auf polnisch, was Rachel besondere Freude bereitete.

»Sind Sie zu Besuch gekommen oder zum Arbeiten?« stellte Rachel die wichtigste Frage.

»Ich bin für immer gekommen. Micky hat versprochen, mich abzuholen und mir wegen Arbeit zu helfen.« Sie seufzte.

»Sie haben ihn kennengelernt, als er in Moskau gearbeitet hat?« fragte Rachel, wobei sie ihren Kopf auf die andere Schulter warf – eine kuriose Angewohnheit.

Valentina überlegte einen Moment; sie war so müde, daß sie keine Kraft mehr hatte für ein mondänes Gespräch auf polnisch mit ein paar Schwindeleien hier und dort, und sie sagte:

»Ehrlich gesagt, Micky und ich sind verheiratet.«

Rachel schoß das Blut ins Gesicht. Sie rannte aus dem Wohnzimmer, und durch das ganze Haus gellte ihr Schrei:

»David! David! Komm her, schnell!«

David, ihr Mann, ebenso groß und mager wie Mikky, in einer roten Hausjacke und mit einer Jarmulke auf dem Kopf, stand oben an der Treppe. In der Hand hielt er einen dicken Kugelschreiber.

Was ist los? fragte er durch seine ganze Haltung, aber wortlos.

Sie waren ein wunderbares Paar, Mickys Eltern. Jeder hatte im anderen gefunden, was ihm selbst fehlte, und war entzückt von seinem Fund. Vor ein paar Jahren, als die beiden auf die Sechzig zugingen und damit auf die äußerste Grenze ehelicher und menschlicher Nähe, als sie schon einem langen, glücklichen Alter entgegensahen, gewahrten sie mit lähmendem Entsetzen, daß ihr einziger Sohn sich den Regeln seines Geschlechts entzog und sich einer heidnischen Abscheulichkeit zugewandt hatte, die Rachel nicht einmal benennen konnte.

»Wir waren so glücklich, zu glücklich«, murmelte sie in ihren schlaflosen Nächten in ihrem riesigen prachtvollen Bett, in dem sie und ihr Mann seit ihrer furchtbaren Entdeckung einander nicht mehr berührten. »Herr, führe ihn zurück zu den gewöhnlichen Menschen!«

Und sie, ein jüdisches Mädchen, vor Gas und Feuer gerettet von Nonnen, die sie fast drei Okkupationsjahre lang im Kloster versteckt hielten, ging bis zum Äußersten, wandte sich an die Mutter jenes Gottes, an den sie nicht glauben durfte, aber dennoch glaubte: »Matka Boska, tu es, führe ihn zurück ...«

Die populärwissenschaftliche Aufklärungsliteratur, die leicht faßlich erläuterte, daß das, was mit ihrem Sohn passierte, nichts Besonderes war, sondern völlig in Ordnung, und daß die humane Gesellschaft ihm das Recht zubilligte, seine Ausstattung zu benutzen, wie es ihm beliebte, war für ihr altmodisches Gemüt kein Trost.

Ihr Mann kam die Treppe herunter, sah in ihr glückliches rosiges Gesicht und rätselte, welche Freude wohl über sie gekommen war.

Die Freude – die leider nur fiktiv war – saß im Wohnzimmer und mühte sich, die immer wieder von selbst zufallenden Augen offenzuhalten. So begann Valentinas Amerika.

Alik regte sich, und Valentina schreckte sofort auf.

»Was ist, Alik?«

»Trinken.«

Valentina hielt ihm eine Tasse an den Mund, er nippte daran und mußte husten.

Valentina schüttelte ihn, klopfte ihm auf den Rükken. Sie hob ihn hoch – er war ganz genauso wie die Puppe, die Anka Krön gemacht hatte.

»Warte, gleich, mit dem Strohhalm ...«

Er nahm noch einen Schluck Wasser und mußte wieder husten. Das war auch früher schon vorgekommen. Valentina schüttelte ihn wieder und klopfte ihm auf den Rücken. Gab ihm noch einmal den Strohhalm. Wieder verschluckte er sich und konnte sich lange nicht freihusten. Da tauchte Valentina einen Serviettenzipfel ins Wasser und steckte ihn Alik in den Mund. Seine Lippen waren trocken und rissig.

»Soll ich dir die Lippen eincremen?« fragte sie.

»Auf keinen Fall. Ich hasse Fett auf den Lippen. Gib mir deinen Finger.«

Sie legte ihm einen Finger zwischen die trockenen Lippen – er berührte ihn mit seiner Zunge, fuhr daran entlang. Das war die einzige Berührung, die ihm geblieben war. Wie es aussah, war dies ihre letzte

Liebesnacht. Daran dachten sie beide. Er sagte sehr leise:
»Ich werde als Ehebrecher sterben.«

Valentina hatte es damals so schwer wie noch nie. Nach der Arbeit fuhr sie normalerweise nicht nach Hause, sondern gleich zu ihren Lehrgängen. Doch an jenem bewußten Tag mußte sie vorher zu Hause vorbeifahren, denn ihre Vermieterin hatte angerufen und sie gebeten, sofort den Schlüssel zu bringen, es sei etwas mit dem Schloß, was genau, hatte Valentina nicht verstanden. Sie gab der Vermieterin den Schlüssel, aber auch damit ging die Haustür nicht auf. Valentina ließ die Vermieterin mit dem kaputten Schloß allein und ging, bevor sie zum Unterricht fuhr, noch in den jüdischen Imbiß um die Ecke, zu Katz. Die Preise hier waren gemäßigt und die Sandwichs mit geräuchertem Rind- und Putenfleisch hervorragend. Kraftprotze, die mit Betonklötzen hätten hantieren sollen, schnitten mit riesigen Messern virtuos das duftende Fleisch in Scheiben und unterhielten sich in ihrem lokalen Slang. Es war ziemlich voll, am Tresen stand eine kleine Schlange. Der Mann vor Valentina, dessen roter Pferdeschwanz von einem Gummi gehalten wurde, wandte sich familiär an den Verkäufer:
»Hör mal, Micha, ich komme jetzt seit zehn Jahren her. Und du Aron, du auch, ihr beide seid in der Zeit doppelt so dick geworden, aber die Sandwichs sind jetzt zweimal dünner. Warum, he?«

Der Verkäufer gestikulierte mit seinen nackten Armen und zwinkerte Valentina zu.

»Das soll eine Anspielung sein, verstehst du, ja?«

Der Mann drehte sich zu Valentina um – lachend, das Gesicht voller Sommersprossen und mit einem fröhlich abstehenden Schnauzbart.

»Er denkt, das ist eine Anspielung. Aber das ist keine Anspielung, das ist das Geheimnis des Lebens.«

Der Verkäufer Micha spießte ein Gürkchen auf eine Gabel, dann noch eins und legte sie neben das üppige Sandwich auf den Pappteller.

»Hier, eine Extragurke für dich, Alik.« Dann wandte er sich an Valentina: »Er sagt, er ist Maler, aber ich weiß genau, er ist vom OBChSS*. Die lassen mich auch hier nicht in Ruhe. Pastrami?«

Valentina nickte, und Micha setzte das Messer in Bewegung. Der Rothaarige setzte sich an den nächsten Tisch; dort wurde gerade noch ein Platz frei, und er nahm Valentina den Teller aus der Hand, stellte ihn auf seinen Tisch und rückte mit dem Fuß einen Stuhl ein Stück ab.

Valentina setzte sich schweigend.

»Aus Moskau?«

Sie nickte.

»Schon lange?«

---

* Russisch: Abteilung zur Bekämpfung von Wirtschaftsverbrechen und Spekulation.

»Anderthalb Monate.«

»Ja, siehst auch aus wie ein Greenhorn.« Sein Blick war offen und freundlich. »Und was machst du so?«

»Babysitter, Lehrgänge.«

»Prima!« lobte er. »Hast dich schnell zurechtgefunden.«

Valentina klappte ihr Sandwich auseinander.

»Nicht doch! Nicht doch! Wer macht denn so was! Die Amerikaner werden das nicht verstehen. Das ist heilig: Reiß den Mund weit auf, und sieh zu, daß kein Ketchup raustropft.« Geschickt biß er den hervorquellenden Belag rund um das Sandwich ab. »Das Leben hier ist einfach, es gibt nur ein paar Gesetze, aber die muß man kennen.«

»Was für Gesetze?« fragte Valentina, die ihre Sandwichhälften folgsam wieder zusammengeklappt hatte.

»Das hier ist das erste. Und das zweite: Lächeln!« Er lächelte mit vollem Mund.

»Und das dritte?«

»Wie heißt du?«

»Valentina.«

»Mmm«, brummte er. »Valetschka ...«

»Valentina«, korrigierte sie ihn. Valetschka konnte sie seit ihrer Kindheit nicht ausstehen.

»Valentina, eigentlich kennen wir uns ja kaum, aber ich verrat es dir. Das zweite Newtonsche Gesetz lautet hier: Lächeln, aber nicht den Arsch hinhalten.«

Valentina lachte, und Ketchup floß auf ihren Schal.

»Trotzdem, das dritte noch.«

Alik wischte den Ketchup ab.

»Erstmal muß man die beiden ersten beherrschen. Die Sandwichs hier sind die besten in ganz Amerika. Best in Amerika. Das ist sicher. Die Bude ist fast hundert Jahre alt. Hier sind schon Edgar Allan Poe, O'Henry und Jack London hergekommen und haben Sandwichs für zehn Pence gekauft. Übrigens, die Amerikaner kennen diese Schriftsteller gar nicht. Höchstens Edgar Allan Poe, den nehmen sie vielleicht in der Schule durch. Wenn der Wirt hier wenigstens einen von ihnen kennen würde, hätte er unbedingt ein Bild von ihm aufgehängt. Das ist unser amerikanisches Unglück: Mit den Sandwichs ist alles bestens, aber mit der Kultur hapert's. Dabei war der Enkel vom ersten Katz, ich red nicht von Adam, sondern vom Besitzer hier, der Enkel von dem war ganz bestimmt in Harvard, und der Urenkel hat an der Sorbonne studiert und todsicher bei der Studentenrevolution achtundsechzig mitgemacht.«

Valentina genierte sich zu fragen, welche Studentenrevolution Alik meinte, aber er legte sein Sandwich beiseite und redete schon weiter:

»Die Gurken sind aus dem Faß. Solche findest du nirgends. Die legen sie selber ein. Ehrlich gesagt, ich mag sie gern weich und ein bißchen matschig. Aber so ist's auch nicht schlecht. Wenigstens ist kein Essig dran ... Überhaupt, diese Stadt ist umwerfend. Hier gibt es alles. Die Stadt der Städte. Ein babylonischer Turm. Aber er steht, und wie!« Er schien gar nicht mit ihr zu sprechen, sondern mit einem Abwesenden zu streiten.

»Aber sie ist so schmutzig und düster, und es gibt so viele Schwarze«, wandte Valentina sanft ein.

»Du kommst aus Rußland und findest Amerika schmutzig? Nicht schlecht! Und die Schwarzen, die sind das Beste, was New York zu bieten hat! Magst du etwa keine Musik? Was ist denn Amerika ohne Musik? Und diese Musik ist schwarz, es ist schwarze Musik!« Er war empört und gekränkt. »Und überhaupt, davon hast du noch keine Ahnung, also halt lieber die Klappe.«

Sie waren fertig mit dem Essen und gingen hinaus. An der Tür fragte Alik:

»Wohin willst du?«

»Zum Washington Square. Da ist mein Lehrgang.«

»Machst du Englisch?«

Sie nickte. »Advanced.«

»Ich bring dich. Ich wohne da in der Nähe. Wenn man zum Astor Place hochläuft und dann da lang weiter«, er wies mit der Hand die Richtung, »da ist ein Nest von amerikanischen Punks, Wahnsinn, alle in schwarzem Leder und voller Metall. Kein Vergleich mit den englischen. Und ihre Musik, das ist was ganz Besonderes. Und da, näher dran am Platz, da ist ein ukrainisches Viertel, aber das ist nicht so interessant. Oh, da ist ein toller irischer Pub, ganz echt. Da dürfen nicht mal Frauen rein. Obwohl, ich glaub, sie dürfen schon rein, aber da gibt's kein Frauenklo, nur Pißbecken. Diese Stadt ist ein einziges großes Straßentheater. Ich bin schon so viele Jahre hier und kann mich noch immer nicht losreißen ...«

Sie liefen die Bowery entlang. Er blieb vor einem öden, düsteren Haus stehen, das aussah wie die meisten in dieser Gegend.

»Schau her. Das ist das CBGB, der wichtigste Musikort der Welt. In hundert Jahren werden Musikwissenschaftler Putz von diesen Wänden in goldenen Kästchen aufbewahren. Hier wird eine neue Kultur geboren, das meine ich ganz ernst. Und in der Knitting Factory genauso. Hier spielen Genies. Jeden Abend Genies.«

Aus der ramponierten Tür kam ein schmächtiger schwarzer Junge in einem weiß-rosa Mantel gestürmt. Alik begrüßte ihn:

»Ich hab's doch gesagt! Das ist Boobi, Flötist. Jeden Abend spielt er mit dem lieben Gott. Ich hab gerade eine Karte für sein Konzert gekauft. Bin extra deswegen hergekommen. Meine Frau kommt nicht mit, sie mag diese Musik nicht. Wenn du willst, nehme ich dich mit.«

»Ich kann nur sonntags«, antwortete Valentina. »Alle anderen Tage gehen bei mir von acht bis elf.«

»Du gehst ja ganz schön ran«, spottete Alik.

»Hat sich eben so ergeben. Um neun fängt meine Arbeit an, bis sechs. Um sieben Lehrgang, jeden zweiten Tag, an den anderen Tagen passe ich auf die Enkelin meiner Vermieterin auf. Um elf hab ich Feierabend, um zwölf schlafe ich. Und um drei wache ich auf und kann nicht wieder einschlafen. Ist wohl so eine Art amerikanische Schlaflosigkeit bei mir, weiß der Teufel. Um drei bin ich putzmunter. Ich hab schon probiert, später ins Bett zu gehen, nützt aber nichts – um drei ist's vorbei mit dem Schlaf.«

»Na ja, Konzerte sind um die Zeit nicht, aber es gibt eine ganze Menge Orte, wo bis frühmorgens was los ist. Ist doch egal, wann man anfängt, warum nicht um drei.«

Damals war Nina schon eine richtige Alkoholikerin und brauchte nicht viel; sie trank im Laufe des Tages eine halbe Flasche Wodka, auf amerikanische Art mit Saft verdünnt, und nachts um eins schlief sie wie eine Tote. Alik trug sie dann aus ihrem Sessel ins Schlafzimmer, legte sich neben sie und schlief auch ein paar Stunden. Er gehörte zu den Menschen, die mit wenig Schlaf auskommen, wie Napoleon.

Das Verhältnis von Alik und Valentina spielte sich morgens von drei bis acht ab. Es begann nicht sofort, sondern erst allmählich. Es vergingen mindestens zwei Monate, bis er zum erstenmal hinunterstieg in ihren engen Keller, auf amerikanisch basement, den eine Freundin von Rachel auf deren Bitte an Valentina vermietete.

Zweimal in der Woche stand Alik kurz nach drei vor diesem Keller, beugte sich hinunter und pfiff in das schwach erleuchtete Fenster. Nach zehn Minuten kam Valentina herausgesprungen, munter und rosig, in ihrer schwarzen Trachtenjacke, und sie gingen an einen der nächtlichen Orte, die Emigranten meist nicht kennen.

In einer der kältesten Januarnächte, als Schnee gefallen war und fast eine ganze Woche liegenblieb, waren sie auf dem Fischmarkt. Buchstäblich zwei Schritte von der Wall Street entfernt brodelte hier für einige Stunden ein unglaubliches Leben. Schiffe legten an, wahrhaftig aus der ganzen Welt, und Fischer entluden ihre lebende oder, wie dieses Mal, gefrorene Ware auf Karren, auf dem Rücken oder in Körben. In den Mauern taten sich plötzlich breite Tore auf, und Lagerhallen nahmen die ganze Meerespracht auf.

Zwei stattliche Männer trugen einen langen Balken – das war ein silbriger, mit einer dünnen Eisschicht überzogener Thunfisch. Es gab auch ganz gewöhnliche, einfache Fische, aber daran blieb der Blick nicht hängen, denn auf den Tischen häuften sich in gewaltiger Fülle nie gesehene Meeresungeheuer mit furchteinflößenden Glotzaugen, mit Scheren und mit Saugnäpfen; manche schienen nur aus einem riesigen Maul zu bestehen; eine unübersehbare Vielzahl von Muscheln phantastischster Formen mit einem Häppchen zarten Fleisches im Innern; schlangenähnliche Wesen, so hübsch anzusehen, daß man unwillkürlich an Nixen denken mußte; Gebilde, von denen man schwer sagen konnte, ob es Pflanzen oder Tiere waren; und richtige Algen, ganz platt oder verschlungen wie Lianen. Und all diese Geschöpfe schillerten im weißen Lampenlicht blau, rot, grün und rosa; manche regten sich noch, andere waren schon erstarrt.

In den Durchgängen standen ein paar Eisentonnen, in denen etwas verbrannt wurde, und ab und zu wärmten sich durchgefrorene Männer dort auf. Sie waren genauso sehenswert wie die Ware, die sie brachten: Norweger mit blonden, reifbedeckten Bärten, schnurrbärtige Chinesen und Insulaner mit exotischen, archaischen Gesichtern.

Dazwischen drängten sich die Käufer – Großhändler aus ganz New York und New Jersey, Köche und Inhaber der besten Restaurants, angelockt von den günstigen Preisen und der frischen Ware.

»Hör mal, das ist ja wie im Märchen!« Valentina war begeistert, und Alik freute sich, daß er jemanden gefunden hatte, den das alles genauso berauschte wie ihn.

»Hab ich dir doch gesagt.« Er zog sie in ein Lokal, einen Whiskey trinken, denn bei solchem Frost mußte man einfach etwas trinken. Auch hier wurde er natürlich vom Wirt begrüßt.

»Mein Freund. Hier, guck mal.« Alik tippte mit dem Finger an die Wand, wo zwischen Kupferstichen mit Jachten und Schiffen und Fotografien von Menschen, die Valentina nicht kannte, ein kleines Bild hing, das zwei unscheinbare Fische zeigte, einen rötlichen mit einer stachligen, abstehenden Schwimmflosse und einen grauen, heringsartigen.

»Für dieses Bild, hat Robert mir versprochen, krieg ich bei ihm mein ganzes Leben umsonst was zu trinken.«

Tatsächlich brachte der glatzköpfige, rotgesichtige Wirt ihnen schon zwei Whiskey. Das Lokal war voll – Seeleute, Hafenarbeiter und Händler.

Es war ein Ort für Männer, weit und breit keine einzige Frau; die Männer tranken konzentriert und aßen Fischsuppe oder irgendeine Kleinigkeit. Sie kamen nicht zum Essen her, sondern zum Trinken und Ausruhen. Und bei solchem Wetter natürlich auch zum Aufwärmen. Die Menschen hier waren ja Frost nicht gewöhnt, und sie verstanden auch nicht, was jeder weiß, der aus nördlicheren Breiten stammt: daß es nichts nützte, wenn sie eine Pelzjacke über ein dünnes Hemd zogen, sich mit zwei Paar synthetischen Socken in ihre Gummistiefel zwängten und sich ein Basecap auf den Kopf stülpten.

»Na los, beeil dich, sonst versäumst du noch das Interessanteste«, trieb Alik Valentina plötzlich an.

Sie gingen hinaus. In der halben Stunde, während sie in dem Lokal saßen, hatte sich alles verändert und veränderte sich vor ihren Augen im Trickfilmtempo weiter. Die Verkaufstische wurden saubergemacht und verschwanden spurlos, die Tore der Lagerhallen schlossen sich und wurden wieder zu undurchdringlichen Mauern, es verschwanden die Tonnen mit dem fröhlichen Feuer; vom Kai her näherte sich eine Garde mit Schläuchen bewaffneter kräftiger junger Männer, die alle Fischabfälle von der Erde spülte, und nach einer weiteren Viertelstunde waren Alik und Valentina beinah allein auf der ganzen Landzunge, dem südlichsten Punkt von Manhattan, und das ganze nächtliche Spektakel schien nur ein Traum oder ein Trugbild gewesen zu sein.

»So, und nun gehen wir noch was trinken.« Alik führte sie in ein Lokal, in dem auch niemand mehr war; die Tische glänzten sauber, der Fußboden wurde gerade von einem jungen Burschen blankgewischt. Auch er nickte Alik zu – es war der Sohn des Wirts.

»Das ist noch immer nicht alles. Gleich erlebst du den letzten Akt. In einer Viertelstunde.«

Nach einer Viertelstunde spuckte die Subway-Station eine bunte Menge eleganter Männer und gutfrisierter Frauen aus, angetan mit den besten Schuhen, den schicksten Anzügen und Kostümen und den Parfüms der Saison.

»Heiliger Strohsack, wo wollen die denn hin, auf einen Empfang?« staunte Valentina.

»Das sind Angestellte der Wall Street. Viele von denen wohnen in Hoboken, das ist auch ein amüsanter Ort, zeig ich dir irgendwann mal. Diese Leute sind nicht die reichsten, zwischen sechzig- und hunderttausend im Jahr. Clerks. Weißkragen. Die schlimmsten Sklavenseelen ...«

Sie gingen zur Subway, denn Valentina mußte zur Arbeit. Sie drehte sich noch einmal um. Wo der Fischmarkt gewesen war, hing nur noch leichter Fischgeruch in der Luft, und auch der war kaum wahrzunehmen.

Außer dem Fischmarkt gab es noch den Fleischmarkt und den Blumenmarkt, auf dem man sich zwischen Pflanztöpfen mit Bäumen verirren konnte. Der Blumenmarkt begann schon in der Nacht, war aber auch tagsüber geöffnet.

Vor dem Fleischmarkt trafen sie einmal einen Mann mit rötlichem Haar, der Valentina irgendwie bekannt vorkam. Alik wechselte mit ihm ein paar Worte, dann gingen sie weiter.

»Wer war das?«

»Hast du ihn nicht erkannt? Brodsky. Er wohnt hier in der Nähe.«

»Der lebendige Brodsky?« staunte Valentina.

Er war in der Tat durchaus lebendig.

Dann gab es noch den Nachttanzclub, in den ein besonderes Publikum ging, ältere reiche Damen und greise Herren, nach Naphthalin riechende Liebhaber von Tango, Foxtrott, Boston-Walzer ...

Manchmal gingen Alik und Valentina nur spazieren, aber eines Tages küßten sie sich zufällig, und fortan gingen sie kaum noch spazieren. Alik pfiff auf der Straße, Valentina schloß auf ...

Dann zog Valentina in Mickys Wohnung, denn Micky war für ein paar Jahre nach Kalifornien gegangen; er unterrichtete dort an einer berühmten Filmhochschule, und sein Privatleben lief gut, obwohl Rachel noch immer bekümmert war, daß Mikky statt Valentina, der lieben Valentina mit den großen Brüsten, die so viele Kinder nähren könnten, nun einen kleinen spanischen Professor zur Freundin hatte, einen großen García-Lorca-Spezialisten.

Mickys New Yorker Wohnung lag auch in Down Town, und Alik besuchte sie nun hier, in der bewährten Zeit zwischen drei und acht.

Eine Zeitlang verbot Valentina ihm die nächtlichen Besuche. Damals war sie gerade nach Queens gezogen, weil sie am dortigen College Arbeit als Russischlehrerin gefunden hatte. In Queens hatte sie einen anderen Mann, aus Rußland, aber den hatte keiner je gesehen, alle wußten nur, daß er als LKW-Fahrer arbeitete.

Wie lange sich der Lastwagenfahrer in ihrem Leben hielt, war schwer zu sagen, aber als sie endlich nach einem harten Bewerbungsmarathon eine vollwertige amerikanische Stelle an einer der New Yorker Universitäten bekam, war er weg.

Wieder hatte sie Alik, und sie wußte, daß das nun endgültig war und daß keiner vom anderen lassen konnte: weder sie von Alik noch Alik von Valentina.

11

Die Ingenieurin aus Moskau, die jemand mitgebracht hatte, übernachtete auf dem Teppich und fügte sich sofort in den Haushalt ein. Am Morgen, zur ruhigsten Zeit, als alle, die arbeiteten, in ihre Büros gegangen waren, diejenigen, die von Sozialhilfe lebten, noch kein Auge aufbekamen und auch Nina ihren Orangenschlaf noch nicht abgeschüttelt hatte, wusch die unscheinbare Frau, die man nach dem ersten Blick wieder vergaß, die Gläser und Tassen vom Vortag ab und sah dann nach Alik. Er war schon wach.

»Ich bin Ljuda aus Moskau«, wiederholte sie für alle Fälle, denn sie war Alik zwar gestern vorgestellt worden, hatte sich aber daran gewöhnt, daß keiner sie nach dem erstenmal wiedererkannte.

»Schon lange hier?« fragte Alik lebhaft.

»Sechs Tage. Aber mir kommt's lange vor. Waschen?« fragte sie so selbstverständlich, als sei es ihre Hauptbeschäftigung, morgens Kranke zu waschen.

Schon brachte sie ein nasses Handtuch und rieb ihm damit Gesicht, Hals und Hände ab.

»Was gibt's Neues in Moskau?« fragte Alik mechanisch.

»Immer dasselbe. Im Radio nichts als Phrasen, die Läden sind leer. Was soll's da Neues geben. Frühstück?« schlug Ljuda vor.

»Na ja, mal probieren.«

Mit dem Essen stand es schlecht. Seit zwei Wochen aß er nur noch Kindernahrung, und selbst diese Obstpürees konnte er nur mit Mühe schlucken.

»Na, dann mach ich Kartoffelbrei.« Schon verschwand sie in der Küche und klapperte dort leise mit Geschirr.

Den Kartoffelbrei machte sie fast flüssig, und er rutschte ganz gut runter. Überhaupt fühlte Alik sich heute morgen etwas besser, das Licht verschwamm nicht so, und er konnte normal sehen, ohne Trickeffekte.

Ljuda schüttelte Aliks Kissen auf und dachte traurig, daß es wohl ihr Los war, alle zu begraben. Mit ihren fünfundvierzig Jahren hatte sie schon ihre Mutter, ihren Vater, beide Großmütter, einen Großvater, ihren ersten Mann und vor kurzem eine enge Freundin begraben. Hatte sie alle gefüttert, gewaschen und war schließlich ihre Totenwäscherin gewesen. Mit dem hier hab ich eigentlich gar nichts zu tun, und trotzdem ...

Sie hatte eine Menge zu erledigen, eine lange Liste von Einkäufen und Besuchen bei wildfremden Menschen, die sie über ihre Moskauer Verwandten ausfragen und ihr von ihrem Leben hier erzählen wollten, aber sie spürte, daß sie gefangen war, nicht mehr loskam von diesem verrückten Haus, von diesem Mann, den sie schon beinah liebte, und daß es ihr wieder das Herz brechen würde.

Das Telefon klingelte, jemand schrie in den Hörer: »Schaltet CNN ein! In Moskau ist ein Putsch!«

»Putsch in Moskau«, wiederholte Ljuda tonlos. »Das ist mal was Neues.«

Über den Bildschirm huschten Bruchstücke eines Berichts. Ein sogenanntes »Staatskomitee für den Ausnahmezustand«, schwammige Masken, stammelnd und voller Gemeinheit, die so augenfällig war wie ein schlechtsitzendes Gebiß.

»Wo kommen solche Visagen bloß her?« fragte Alik verwundert.

»Sind die hiesigen etwa besser?« rief Ljuda mit überraschendem Patriotismus.

»Doch, schon.« Alik überlegte kurz. »Natürlich, die sind besser. Die sind auch Diebe, aber sie haben wenigstens Hemmungen. Die da sind allzu unverschämt.«

Was dort wirklich vorging, war unmöglich zu verstehen. Von Gorbatschows Gesundheitszustand war die Rede.

»Wahrscheinlich haben sie ihn schon umgebracht.«

Das Telefon klingelte ununterbrochen. Ein solches Ereignis konnte keiner für sich behalten.

Ljuda drehte den Fernseher ein Stück, damit Alik besser sehen konnte.

Sie hatte einen Rückflug für den sechsten September. Sie mußte schnell umbuchen und sofort zurück. Andererseits, warum zurück, wenn ihr Sohn hier war. Sollte ihr Mann lieber herkommen. Aber was sollte sie hier, ohne Sprache, ohne alles. Zu Hause waren ihre Bücher, ihre Freunde, ihre geliebten sechshundert Quadratmeter Garten ... Ein unentwirrbares Knäuel ...

»Ich hab doch gesagt, bevor der Vertrag unterzeichnet wird, passiert noch was«, sagte Alik zufrieden.

»Was denn für ein Vertrag?« fragte Ljuda verwundert. Sie verfolgte die politischen Ereignisse nicht, das alles war ihr schon lange zuwider.

»Ljuda, geh Nina wecken«, bat Alik.

Aber Nina kam schon selber angeschlichen.

»Denkt an meine Worte, jetzt entscheidet sich alles«, prophezeite Alik.

»Was entscheidet sich?« Nina war zerstreut und noch nicht ganz wach. Alles, was außerhalb ihrer Wohnung geschah, war für sie gleichermaßen weit weg.

Am Abend war die Wohnung wieder gerammelt voll. Den Fernseher hatten sie aus dem Schlafzimmer geholt und auf den Tisch gestellt; keiner hing mehr an Alik, alle hockten vor dem Fernseher. Was sie sahen, war unbegreiflich: ein marionettenhafter Hampelmann, ein Bademeister, ein Hundegesicht mit

Schnauzbart – halb Dämonen, halb Menschen, die reinste Phantasmagorie aus Onegins Traum. Und Panzer. Truppen rückten in die Stadt ein. Durch die Straßen krochen riesige Panzer, und es war unklar, wer gegen wen kämpfte.

Ljuda preßte die Hände gegen die Schläfen und stöhnte.

»Was wird jetzt bloß? Was wird jetzt?«

Ihr Sohn, ein blutjunger Programmierer, hatte heute früher freigenommen, saß nun neben ihr und genierte sich ein bißchen für sie.

»Was wird? Eine Militärdiktatur, was sonst.«

Sie versuchten, in Moskau anzurufen, aber die Leitungen waren besetzt. Wahrscheinlich wählten Tausende in diesen Minuten Moskauer Nummern.

»Seht mal, seht mal, die Panzer fahren an unserem Haus vorbei!« rief Ljuda.

Die Panzer fuhren über den Stadtring.

»Was regst du dich so auf, dein Sohn ist bei dir, bleib doch einfach hier«, wollte Faina sie beruhigen.

»Vater ist bestimmt schon lange in Rente«, sagte Nina zusammenhanglos.

Nur Alik kannte den Zusammenhang: Ihr Vater war ein fanatischer KGB-Offizier mit hohem Rang, er hatte sich von ihr losgesagt, als sie ausgereist war, und sogar Ninas Mutter verboten, ihr Briefe zu schreiben.

»Dieser Saustaat, zum Teufel damit. Und der ganze Wodka ist alle.« Libin sprang auf und ging zum Lift.

Joyka, die ganz gut Russisch lesen konnte, Gesprochenes aber wesentlich schlechter verstand, gingen in diesen Stunden die Ohren auf: Sie verstand jedes Wort des Nachrichtensprechers auf Anhieb. Sie gehörte zu den Sonderlingen, die sich in ein fremdes Land verlieben, ohne es je gesehen zu haben, allein nach altmodischen Büchern, noch dazu in schlechten Übersetzungen. Doch während sie durch eine plötzliche Inspiration den Text des Sprechers verstand, riß Rudy nur die Augen auf, rutschte auf seinem Platz hin und her, zupfte Joyka immer wieder am Ärmel und verlangte nach Übersetzung.

Die Ereignisse in Moskau waren so unbegreiflich, daß wohl alle eine Übersetzung nötig hatten.

Für eine Weile vergaßen sie Alik, und er schloß die Augen. Das Geschehen auf dem Bildschirm nahm er nun als vorüberhuschende Punkte wahr. Jetzt am Abend war er müde, aber sein Bewußtsein war noch klar.

T-Shirt setzte sich zu ihm auf die Sessellehne und streichelte seine Schulter.

»Gibt es dort jetzt Krieg?« fragte sie leise.

»Krieg? Ich glaube nicht. Ein unglückliches Land ...«

T-Shirt runzelte unzufrieden die Stirn.

»Jaja, das hab ich schon gehört. Arm, reich, hochentwickelt, rückständig, das verstehe ich. Aber ein unglückliches Land, was soll das sein? Versteh ich nicht.«

»T-Shirt, du bist ein kluges Mädchen.«

Alik sah sie erstaunt und voller Freude an.

Und T-Shirt erkannte das.

Alle, die hier saßen, in Rußland geboren, verschieden durch Begabung und Bildung, auch durch ihre bloßen menschlichen Eigenschaften, glichen sich in einem Punkt: Sie alle hatten Rußland auf die eine oder andere Weise verlassen. Die meisten waren offiziell emigriert, manche bei einer Reise einfach hiergeblieben, die Kühnsten illegal geflohen. Aber dieser Schritt einte sie. Wie unterschiedlich auch ihre Ansichten waren und ihr Leben in der Emigration aussah, das hatten sie für immer gemeinsam: Sie hatten eine Grenze überschritten, ihre Lebenslinie abgeschnitten, sie unterbrochen, alte Wurzeln gekappt und neue geschlagen, in anderer Erde, die anders aussah, anders roch und sich anders anfühlte.

Nun, Jahre später, waren selbst ihre Körper anders zusammengesetzt: Das Wasser der Neuen Welt und deren nagelneue Moleküle bildeten nun ihr Blut und ihre Muskeln, hatten alles Alte, von dort Mitgebrachte verdrängt. Ihre Reaktionen, ihr Verhalten und ihr Denken hatten sich allmählich verändert. Dennoch brauchten sie alle eines: die Bestätigung, daß sie damals richtig gehandelt hatten.

Und je vertrackter und unüberwindlicher die Schwierigkeiten des amerikanischen Lebens waren, um so nötiger brauchten sie diese Bestätigung. In diesen Jahren hatten die meisten von ihnen die Nachrichten aus Moskau über die zunehmende Absurdität, Mißwirtschaft und Kriminalität bewußt oder unbewußt als ersehnte Bestätigung für die Richtigkeit ihrer Entscheidung betrachtet. Aber keiner konnte ahnen, daß alles, was jetzt in diesem nun so weit entfernten Land vorging, in ihrem früheren Land, das sie aus ihrem Leben gestrichen hatten – zum Teufel damit! –, ihnen so weh tun würde. Dieses Land saß ihnen in Herz und Nieren, und was immer sie darüber denken mochten, und sie dachten darüber sehr unterschiedlich – ihre Bindung daran konnten sie nicht zerreißen. Es war wie eine Art chemische Reaktion ihres Blutes: Säure, Übelkeit, Angst ...

Dabei schien dieses Land schon lange nur noch in ihren Träumen zu existieren. Alle träumten immer wieder ein und denselben Traum, in verschiedenen Varianten. Alik hatte diese Träume mal gesammelt und ein ganzes Heft damit vollgeschrieben, das er »Emigranten-Traumbuch« nannte. Diese Träume sahen so aus: Ich komme nach Hause, nach Rußland, und befinde mich plötzlich in einem abgeschlossenen Raum oder einem Raum ohne Türen oder in einem Müllcontainer, oder irgendwelche anderen Umstände hindern mich daran, nach Amerika zurückzukehren, ich habe zum Beispiel meine Papiere verloren oder werde ins Gefängnis gesperrt; bei einem jüdischen Freund von Alik kam in dieser Situation die Mutter und fesselte ihn mit einem Strick.

Alik selbst hatte diesen Traum in einer komischen Version: Er ist in Moskau, dort ist alles hell und schön, seine alten Freunde feiern seinen Besuch in einer weitläufigen, verwahrlosten Wohnung, die ihm schrecklich bekannt vorkommt, es ist ein großes Gewimmel und freundschaftliches Gerangel, und dann begleiten ihn alle zum Flughafen Scheremetjewo, diesmal ist alles ganz anders als bei dem herzzerreißenden Abschied vor Jahren, als es für immer und ewig war; es ist schon Zeit, an Bord zu gehen, aber da drückt ihm sein alter Freund Sascha Nolikow plötzlich ein paar Hundeleinen in die Hand, an denen niedliche kleine Promenadenmischungen aufgeregt tänzeln, scheckige kleine Kläffer mit Ringelschwänzchen, und verschwindet. Alle Freunde sind auf einmal weg, Alik steht da mit den Hunden, niemandem kann er diese Meute übergeben; schon ertönt der letzte Aufruf für den Flug nach New York. Ein Angestellter der Fluggesellschaft teilt ihm mit, das Flugzeug sei schon in der Luft. Und er bleibt mit diesen Hunden in Moskau und weiß, daß es für immer ist. Nur eins beunruhigt ihn: wie Nina die Miete für das Atelier in Manhattan aufbringen soll. Und auf einmal riecht es in seinem Traum nach Lift, nach Loft und nach grobem Tabak ...

»Sag, Alik, ging es euch dort schlecht?« T-Shirt zupfte wieder an seiner Schulter.
»Dummchen. Es ging uns prima. Mir geht's überall prima.«
Das stimmte. In Manhattan lebte er genauso wie in der Trubnaja in Moskau, in der Ligowka in Leningrad und wie überall, wo er wohnte, egal, ob längere Zeit oder nur für drei Tage. Er lebte sich an jedem neuen Ort schnell ein, kannte bald alle Winkel und Torbögen, die gefährlichen und die schönsten Ecken, wie den Körper einer neuen Geliebten.

In seiner Jugend war alles in ungeheurem Tempo abgelaufen, aber da er ein aufmerksamer Beobachter war und ein gutes Gedächtnis hatte, vergaß er nichts. Er hätte die Tapetenmuster aller Zimmer zeichnen können, in denen er gelebt hatte, die Gesichter der Verkäuferinnen in den Bäckerläden um die Ecke, den Stuck am Haus gegenüber, das Profil des Hechts, den er 1964 im Plestschejewo-See gefangen hatte, und die krumme Kiefer, die mitten im Pionierlager in Wereja stand und aussah wie eine Leier mit abgebrochenem Arm.

Wie zum Dank für sein Gedächtnis und seine Aufmerksamkeit war die Welt ihm wohlgesinnt. Er kam in das vom Regen aufgeweichte Cape Cod, schon kroch zitternd die Sonne hervor; er brauchte nur an einem Apfelbaum vorbeizugehen, und ein Apfel, der genau auf diesen Augenblick gewartet hatte, fiel ihm vor die Füße, einfach so, als Geschenk. Das galt sogar für die Technik: Wenn er eine Telefonnummer wählte, war nie besetzt. Dabei hatte er allerdings einen kleinen Trick. Wenn ihn jemand, der von seiner besonderen Fähigkeit wußte, bat, eine ständig besetzte Nummer zu wählen, weigerte er sich manchmal stundenlang, um dann im richtigen Moment auf Anhieb durchzukommen.

Amerika reagierte mit spürbarer Freundlichkeit auf Aliks Begeisterung. Die Neue Welt war für ihn einfach atemberaubend. Sie kam ihm buchstäblich nagelneu vor. Uralte, drei Armspannen dicke Bäume bestanden aus jungem, festem Holz. Hier war alles fester, derber und haltbarer. Alik, ein Mensch aus der dritten, der russischen Welt, lernte mit dreißig Europa und Amerika kennen. Zuerst Wien, dann Rom und sämtliche italienischen Köstlichkeiten, von denen er sich fast ein Jahr lang nicht losreißen konnte. Erst als er nach Amerika übergesiedelt war und ein paar Jahre lang ununterbrochen dort gelebt hatte, verstand er den Neid der Amerikaner auf das Alte Europa, das so abgewetzt, so hochkultiviert, ja sogar erschöpft war; und ebenso verstand er Europas hochmütiges, insgeheim aber auch neiderfülltes Verhältnis zum breitschultrigen, ursprünglichen Amerika.

Alik mit seinem borstigen roten Schnauzbart und dem zu einem Pferdeschwanz zusammengebundenen kräftigen Haar stand zwischen beiden wie ein Schiedsrichter, und ein besserer Schiedsrichter war kaum denkbar. Er war nicht unparteiisch, im Gegenteil, er war ungeheuer und mit Leidenschaft parteiisch. Er vergötterte Amerikas Highways und die bunte, seiner Ansicht nach schönste Menschenmenge der Welt in der New Yorker Subway, Amerikas Straßenimbiß und seine Straßenmusik. Aber er bewunderte auch die kleinen runden Springbrunnen auf den kreisrunden Plätzen in Aix-en-Provence, das einen sanften Übergang von Frankreich zu Italien bildet; er liebte die romanische Architektur und freute sich über jede Begegnung mit deren Überbleibseln; er vergötterte die wie Birken- oder Ahornblätter gezackten Küsten der griechischen Inseln und das mittelalterliche Deutschland, das einem jeden Augenblick in Marburg oder Nürnberg zu begegnen versprach, dieses Versprechen aber nicht einlöste; dafür fand er alles, was er auf den Straßen vergebens suchte, in den beeindruckenden deutschen Museen, und die deutsche Kunst übertraf bei weitem die italienische Renaissance. Auch das deutsche Bier war ausgezeichnet.

Er verspürte nie die Notwendigkeit, sich für eine der beiden Seiten zu entscheiden, er stand auf seiner eigenen Seite, und die erlaubte ihm, alle gleichermaßen zu lieben.

Er murmelte etwas Karges und, wie ihm selbst schien, Nichtssagendes über Amerika und Europa und war enttäuscht, daß sein Verstand nachließ und er nicht mehr zusammenhängend und überzeugend reden konnte. T-Shirt hörte ihm aufmerksam zu und fragte dann:

»Liebst du Rußland?«

»Natürlich.«

T-Shirt ließ nicht locker. »Und warum?«

»Darum«, antwortete er schroff.

T-Shirt wurde wütend. Sie hatte noch nicht gelernt, an seine Krankheit zu denken.

»Du, du bist genau wie die anderen! Erklär mir, warum? Alle sagen, ihnen ist es dort sehr schlecht gegangen.«

Alik überlegte ernsthaft: Die Frage war wirklich nicht so einfach.

»Soll ich dir was verraten?«

T-Shirt nickte.

»Rück ein Stück näher.«

Sie hielt ihr Ohr direkt an seine Lippen und warf ihn dabei fast um.

»Keiner versteht davon auch nur die Bohne, und die Klügsten, die simulieren bloß, als ob sie es verstehen.«

»Die machen was?«

»Die simulieren. Tun so, als ob.«

»Und du? Du auch?« fragte T-Shirt und schien sich darüber zu freuen.

»Ich simuliere am allerbesten.«
Beide sahen hochzufrieden aus. Irina blickte mit eifersüchtigem Interesse zu ihnen hinüber.

12

Der Vermieter war ein echtes Ekel. Alik war ihm seit fast zwanzig Jahren ein Dorn im Auge, aber er konnte nichts gegen ihn unternehmen. Alik war als erster hier eingezogen, als der jetzige Eigentümer das Haus gerade erst übernommen hatte und die Lagerräume noch nicht ganz ausgeräumt waren; die Miete, die er für die Wohnung zahlte, war inzwischen einfach lächerlich. Aber er besaß einen alten Mietvertrag, der nicht einfach geändert werden konnte.

Der Bezirk Chelsea, früher ein heruntergekommenes Fabrikviertel, von Aliks geliebtem O'Henry so treffend beschrieben, war in den letzten Jahren beinah schick geworden. Gleich nebenan lag Greenwich Village mit seinem Bohemeleben, den Musikclubs und Drogenetablissements, und der Geist der nächtlichen Vergnügungen strahlte auf die Umgebung aus, erfaßte auch die umliegenden Viertel.

In den letzten zwanzig Jahren waren hier alle Preise enorm gestiegen, die Mieten fast auf das Zehnfache, Alik aber zahlte noch immer vierhundert Dollar, und auch die nie pünktlich.

Der Vermieter wohnte in einem reichen Vorort,

zuständig für alles war der »Superintendent«, eine Mischung aus Hausmeister und Verwalter. Ein Angestellter. Claude, der »super« für Aliks Haus, arbeitete schon beinah seit dessen Einzug hier. Er war eine markante Persönlichkeit, ein Halbfranzose mit verworrener Vergangenheit. In den Bruchstücken, die er hin und wieder erzählte, tauchten mal Trinidad und eine große Jacht auf, dann wieder Nordafrika und gefährliche Safaris. Wahrscheinlich war das alles Schwindel, aber es vermittelte den Eindruck, als sei sein wirkliches Leben nicht minder interessant. So dachte sich Alik eine Biographie für ihn aus: Er versicherte allen, Claude sei ein berühmter Falschspieler, habe in einem türkischen Gefängnis gesessen und sei von dort mit einem Ballon geflohen.

In der schlimmsten Zeit hatte Claude, der nicht ohne künstlerisches Interesse und philantropische Neigungen war, Alik zweimal aus der Klemme geholfen und ihm Bilder abgekauft. Es gibt auf der Welt nicht allzu viele Hausverwalter, die Bilder kaufen. Von allem anderen abgesehen, liebte Claude Nina. Manchmal kam er nur auf ein Schwätzchen vorbei, sie kochte ihm Kaffee und legte ihm sogar nach einem simplen Dame-System die Karten. Gerade in Amerika angekommen, begann Nina, die kein Wort Englisch sprach, Französisch zu lernen. Darin lag eine besondere, nur ihr eigene Idiotie. Vielleicht mochte Claude sie deshalb. Auch er hatte seine

Marotten, und er war der einzige, der Nina Alik vorzog.

Claude, der normalerweise vormittags kam, bemerkte, daß es in Ninas chaotischem, ungeregeltem Leben ein Element strenger Ordnung gab. Sie stand gewöhnlich gegen eins auf und meldete sich mit schwacher Stimme. Daraufhin kochte Alik ihr Kaffee und brachte ihn ihr zusammen mit einem Glas kaltem Wasser ins Schlafzimmer. Normalerweise war das seine produktivste Zeit, und in diesen Stunden redete er nicht einmal mit ihr. Sie kam langsam zu sich, badete ausgiebig, rieb sich Gesicht und Körper mit diversen Cremes ein, die ihr eine Freundin extra aus Moskau schickte – von den amerikanischen hielt sie nichts –, und bürstete lange ihr berühmtes Haar. In ihrer Jugend hatte sie ein paar Jahre im Moskauer Modehaus gearbeitet, und diese große Zeit in ihrem Leben konnte sie nicht vergessen.

Dann zog sie ihren schwarzen Kimono an und verschwand wieder im Schlafzimmer mit irgendeiner reizenden, unsinnigen Beschäftigung, einer Patience oder einem riesigen Puzzle. Um diese Zeit pflegte Claude zu kommen. Sie empfing ihren Gast in der Küche und leerte eine fingerhutgroße Tasse Kaffee nach der anderen. Essen konnte sie noch nichts und trinken auch nicht. Sie hatte wirklich eine schwache Konstitution, selbst mit dem Rauchen fing sie erst gegen Abend an, wenn sie einigermaßen bei Kräften war, wenn sie den ersten Bissen gegessen und den ersten Schluck Alkohol getrunken hatte.

Alik arbeitete bis gegen sieben. Wenn Geld da war, gingen sie in einem der kleinen Lokale von Greenwich Village essen. Die ersten Jahre in Amerika liefen für Alik besser, damals wimmelte es noch nicht so von russischen Künstlern, er war eine Zeitlang sogar »in«.

Nina bevorzugte am Anfang ihres Lebens in Amerika alles Fernöstliche, sie ging ganz auf in dieser Schwärmerei, und sie aßen gern bei einem Chinesen oder einem Japaner. Alik kannte natürlich die ganz echten.

Auf das Ausgehen bereitete sich Nina jedesmal durch eifriges Schminken und Anziehen vor. Und nie ging sie ohne ihre blaßgraue Katze Katja mit den gelben Augen, die sie samt allen vorgeschriebenen Bescheinigungen aus Moskau mitgebracht hatte. Katja war auch verrückt – welche normale Katze wäre imstande, stundenlang mit schlaff herunterbaumelnden Pfoten auf Frauchens Schulter zu liegen?

Wenn abends Freunde kamen, ließen sie sich eine Pizza von unten kommen oder etwas Chinesisches aus ihrem Lieblingslokal in Chinatown, wo man sie gut kannte. Der Wirt schickte immer ein kleines Geschenk für Nina mit. Irgend jemand sorgte für Bier oder Wein; sie tranken nie viel.

»Das liegt am Klima hier«, sagte Alik, »hier gibt's keine Besäufnisse, nur Alkoholismus.«

Das stimmte. In ihrem dritten Amerika-Jahr war Nina eine richtige Alkoholikerin, auch wenn sie relativ wenig trank. Aber ihre Schönheit wurde davon immer eindringlicher.

Der Vermieter war am Vortag dagewesen, um für Ordnung zu sorgen. Er hatte Claude wegen einer Müllstrafe angeschnauzt und verlangt, Alik sofort rauszuschmeißen: Ein dreimonatiger Mietrückstand sei schließlich ein ausreichender Grund. Claude wollte die langjährigen Mieter in Schutz nehmen und sprach von Aliks furchtbarer Krankheit und seinem vermutlichen baldigen Ende.

»Das will ich selber sehen«, beharrte der Vermieter, und Claude blieb nichts anderes übrig, als mit ihm in die fünfte Etage hinaufzufahren.

Es war nach zehn Uhr abends, das Leben war in vollem Gange, als sie aus dem Lift stiegen. Niemand beachtete den massigen alten Mann mit dem rosigen, wettergegerbten Gesicht. Von der erwarteten tobenden Ausgelassenheit und einem russischen Saufgelage keine Spur. Eine große Gruppe saß vor dem Fernseher. Der Vermieter sah sich um. Er war lange nicht hier gewesen. Ein großartiger Raum, müßte nur ein bißchen renoviert werden, und schon konnte man dreitausendfünfhundert dafür verlangen, wenn nicht gar viertausend.

»Er ist ein guter Maler, der Junge.« Claude wies auf die Bilder, die an der Wand lehnten. Alik hängte seine Arbeiten nicht gern auf, alte Bilder störten ihn.

Der Vermieter warf einen flüchtigen Blick darauf. Ein Freund von ihm hatte in den zwanziger Jahren hier in Chelsea ein Hotel betrieben, eine billige Absteige, beinah eine Art Asyl, wo er alle möglichen Rumtreiber aufnahm, bettelarme Maler und arbeitslose Schauspieler; irgendwie überstand er damit die Wirtschaftskrise. Manchmal nahm er von seinen Mietern statt Geld deren Bilder in Zahlung, aus reiner Gutmütigkeit, und hängte sie ins Foyer. Jahre vergingen, und plötzlich stellte sich heraus, daß er eine Sammlung besaß, die zehn Hotels wert war. Aber das war lange her, das waren andere Zeiten, heute gab's viel zu viele von diesen Künstlern. Nein, nein, keine Bilder, beschloß der Vermieter.

Nina bemerkte Claude, ging ihm mit ihrem eleganten, schwankenden Gang entgegen, einen französischen Satz auf der Zunge, den sie aber nicht mehr anbringen konnte, denn Claude kam ihr zuvor:

»Unser Vermieter will dich sprechen.«

Nina reagierte mit verblüffender Geistesgegenwart, lächelte, zwitscherte etwas Unbestimmtes und rannte zu Libin. Sie umfaßte seinen Kopf und flüsterte ihm leidenschaftlich ins Ohr:

»Da an der Tür steht der Vermieter, der ›super‹ hat ihn hergebracht. Sorg dafür, daß sie Alik in Ruhe lassen. Ich flehe dich an.«

Libin erfaßte schnell, was los war, ging zu den beiden und sagte mit einem dümmlichen, freudigen Lächeln:

»Sehen Sie, in Moskau ist ein politischer Putsch, wir sind etwas beunruhigt.« Es klang, als sei er der Premierminister eines Nachbarlandes.

Dabei rückte er mit seinem Bauch immer näher auf die Männer zu und drängte sie zum Lift. Sie wehrten sich nicht. Als sie an der Tür angelangt waren, hörte er auf zu lächeln und sagte klar und deutlich:

»Ich bin Aliks Bruder. Ich bitte um Entschuldigung für den Mietverzug, ich habe gestern alles bezahlt und garantiere Ihnen, daß eine solche Verzögerung nicht wieder vorkommen wird.«

Gleich brüllt dieser verfluchte Ire los, dachte Claude, aber der Vermieter sagte kein Wort und drückte den Aufzugknopf.

13

Zwei Tage lang lief ununterbrochen der Fernseher. Zwei Tage klingelte ständig das Telefon und klappte pausenlos die Tür. Alik lag flach und wie aus Gummi da, wie eine leere Wärmflasche, war aber sehr lebhaft und behauptete, es ginge ihm viel besser.

Wie in einem antiken Drama dauerte die Handlung schon drei Tage, und in dieser Zeit kehrte die Vergangenheit, von der sie sich mehr oder weniger endgültig abgewandt hatten, wieder in ihr Leben zurück; sie waren entsetzt, weinten, suchten in der riesigen Menschenmenge vor dem Weißen Haus nach bekannten Gesichtern, und plötzlich schrie Ljudas Sohn tatsächlich:

»Papa, guck mal, da ist Papa!«

Auf dem Bildschirm war ein bärtiger Mann mit Brille, der ihnen allen bekannt vorkam; er lief direkt auf die Kamera zu, den Kopf leicht zur Seite geneigt.

Ljuda legte die Hände um den Hals.

»Ach, Kostja! Ich hab gewußt, daß er dort ist!«

Inzwischen war schon klar, daß der Putsch gescheitert war.

»Wir haben gewonnen«, sagte Alik.

Wieso »wir«, war völlig unklar. Aber es war das

gleiche »Wir«, über das sich Vater Viktor bei Kriegsausbruch in Paris immer gewundert hatte. Sein Großvater, ein ehemaliger weißer Offizier, der erst in der Emigration Priester geworden war, empfand damals eine starke Bindung an Rußland; das in den Jahren der Emigration zur Gewohnheit gewordene »Sie« wurde plötzlich zum »Wir«, und siebenundvierzig wäre er beinah zu seinem eigenen Unheil nach Rußland zurückgekehrt.

Libin stimmte mit Alik ganz und gar nicht überein, wollte aber heute nicht streiten und murmelte nur:

»Na, das ist überhaupt noch nicht raus, wer wirklich gewonnen hat.«

Alle waren froh, daß kein Bürgerkrieg ausgebrochen war, daß die Panzer die Stadt verlassen hatten.

Ununterbrochen liefen die Nachrichten: Auf der Lubjanka war Dzierżyński gestürzt worden, der leere Sockel wurde gezeigt. Das beste Denkmal der Sowjetmacht war nur noch ein leeres Podest. Die Partei – aus Granit, Stahl und Marmor, wie sie selbst sich pries –, zerstob wie Spreu, verschwand wie ein Trugbild.

Drei Opfer wurden zu Grabe getragen. Drei zufällige Sandkörner, von höherer Hand aus der Menge gegriffen, drei Jungen mit sympathischen Gesichtern: ein Russe, ein Ukrainer und ein Jude. Über zweien wurde Weihrauch geschwenkt, der dritte war mit einem Tales bedeckt. Ein solches Begräbnis hatte es in diesem Land noch nie gegeben. Und Tausende, Abertausende Menschen.

Es schien, als sei alles Faule, Kranke und Gemeine, das sich so lange angesammelt hatte, mit einem Schlag zerbrochen und zerfallen und werde wie ausgekippter Unrat, wie ein Haufen stinkender Müll mit dem Fluß weggeschwemmt.

Auch sie hier in Amerika, die einstigen Russen, freuten sich in völliger Eintracht, und die allgemeine Freude aus diesem Anlaß äußerte sich nicht darin, daß sie mehr tranken als üblich, sondern darin, daß sie die alten sowjetischen Lieder sangen. Am besten sang Valentina:

»Und alles ringsum ist so blau und so grün,
und fröhlich vorm Hause die Nachtigall singt.«

In dieser Gegend, in dieser Wohnung war nichts blau und grün, sie alle wußten genau, daß alle Farben in ihrem neuen Land andere Schattierungen hatten, eine andere Intensität, aber jeder dachte an die Farben seiner Kindheit: Valentina an die Institutsstraße in Kaluga, die, von bleichen Linden gesäumt, zur schäumenden blauen Oka führte; Faina an Marjina Rostscha[*] mit den windschiefen Zäunen und den groben, wie mit der Axt behauenen goldenen Kugeln; Alik an die blauen und grünen Moskauer Vor-

[*] Alter Moskauer Stadtbezirk.

orte, an die zutrauliche, zaghafte Farbe der ersten Blätter und des zarten, streifig schillernden Himmels.

Von unten allerdings drang noch immer die Musik herauf, nicht der übliche lateinamerikanische Salsa, sondern wieder das sinnlose Klopfen und Jaulen. Alik, der auf Musik sehr sensibel reagierte, bat inständig:

»Libin, geh um Gottes willen runter, und stopf ihnen irgendwie das Maul.«

Libin schnappte sich Natascha und verschwand.

Über den Bildschirm zogen endlose Menschenmassen. Auch im Zimmer waren viele Leute, und es schien, als seien sie irgendwie miteinander verbunden. Hin und wieder sah Alik unter den vertrauten Gesichtern um sich herum plötzlich ein unbekanntes auftauchen. Einen kleinen grauhaarigen Greis mit einem Lederriemen um die Stirn und in einem sonderbaren weißen Gewand, aber er sah ihn irgendwie unscharf.

»Nina, wer ist der Greis?« fragte er.

Nina war besorgt: Hatte er etwa den Vermieter bemerkt?

»Der Kleine mit dem weißen Bärtchen.«

Nina sah sich um – da war kein Greis.

Die unerträgliche Musik war auf einmal weg. Dafür waren Kinder aufgetaucht, in großer Zahl. Merkwürdige, nicht sonderlich sympathische Kinder, deren Gesichter etwas von kleinen Tieren hatten. Und trotz der späten Abendstunde war es noch immer sehr heiß. Valentina trat zu ihm.

»Na?«

»Sing irgendwas Kühles.«

Sie setzte sich neben Alik, schlang die Arme um sein verdorrtes Bein und sang leise und sehr deutlich:

»Bitterkalter Frost, ach, erbarme dich,
laß mich nicht erfriern hier gar jämmerlich.«

Valentinas Stimme war tatsächlich kühl und sandte sanfte Wellen aus, wie ein Spielzeugboot, das ins Wasser gelassen wird.

Alik sah sich selbst: in einen dicken braunen Pelz gehüllt, eine enge Ziegenlederkappe über einem weißen Tuch, um den Mantel den Riemen mit der geliebten Schnalle; er sitzt in einem Schlitten mit halbrunder Lehne, vor ihm laufen Mamas Filzschuhe, und der Saum ihres blauen Mantels schlägt gegen den grauen Filz. Sein Mund ist fest zugebunden mit einem Wollschal, und da, wo seine Lippen sind, ist er naß und warm, aber er muß kräftig atmen, denn sobald er aufhört zu atmen, verklebt eine Eiskruste den warmen Spalt, und der Schal gefriert sofort und pikt.

Auch die Kinder, die immer mehr wurden, trugen offenbar Pelzmäntel, flauschige, schneebestäubte Pelzmäntel.

Die Tür klappte. Aus dem Lift stolperte Libin mit sechs Paraguayern. Die Paraguayer sahen fast alle gleich aus, klein, in schwarzen Hosen und weißen Hemden, kleine Trommeln, Rasseln und Klappern in der Hand. Sie kamen herein und lärmten dabei mit ihrer Musik.

»Nina, und wo kommen die her?« fragte Alik unsicher.

»Die hat Libin hergebracht.«

Libin war stockbetrunken. Er trat zu Alik.

»Alik! Die Jungs sind ganz prima. Ich hab ihnen was zu trinken spendiert. Ich dachte, wenn sie ein Glas in der Hand haben, können sie ja nicht spielen. Exakt. Sind prima Kerle, bloß daß sie nicht Englisch können. Nur einer, der speakt ein bißchen. Aber die andern können nicht mal Spanisch. Nur Guarani oder so ähnlich. Wir haben was getrunken, und ich hab gesagt, mein Freund ist krank. Da haben sie gesagt, wir haben eine spezielle Musik dafür, wenn jemand krank ist. Was sagst du dazu? Ulkig, die Jungs ...«

Die ulkigen Jungs stellten sich in einer Reihe hintereinander auf. Der erste, mit einer Narbe quer über das ganze ziegelbraune Gesicht, schlug die Trommel, und die kurzbeinigen Männer liefen mit federnden Schritten im Kreis, wiegten sich rhythmisch und stießen eine Art Seufzerschreie aus.

Die Mädchen, denen die Musik die ganze Woche auf den Wecker gegangen war, kicherten lautlos.

Aber hier im Raum klang die Musik ganz anders. Sie war schaurig ernst und hatte nichts mit Straßenmusik zu tun, sondern mit unvergleichlich wichtigeren Dingen. Der Herzschlag kam darin vor, die Atmung der Lungen, das Fließen des Wassers und selbst die knurrenden Laute der Verdauung. Die Musikinstrumente – Herr im Himmel! – waren Schädel und kleine Knochen; um den Hals trugen die Musiker winzige Skelette als festlichen Schmuck. Schließlich verstummte die Musik, aber das Stimmengewirr hatte noch nicht wieder eingesetzt, da machten die Musiker eine Kehrtwende, liefen andersherum im Kreis, und eine andere Musik ertönte, archaisch und unheimlich.

Ein Totentanz, vermutete Alik.

Nun, da er den Sinn der Musik entschlüsselt hatte als minuziösen Bericht vom Sterben des Körpers, erkannte er auch, daß der Lauf gegen den Uhrzeigersinn der Prolog zu einem neuen Thema war. Die monotone, wehmütige Musik, die ihn in letzter Zeit so geärgert hatte, war auf einmal klar und verständlich wie ein Alphabet. Doch mitten im Wort brach sie ab.

Immer neue Gäste kamen hinzu. Alik bemerkte in der Menge Nikolai Wassiljewitsch, genannt Galosche, seinen Physiklehrer aus der Schule, und wunderte sich matt: Sag bloß, der ist auf seine alten Tage noch emigriert? Wie alt ist er denn jetzt? Kolja Saizew, ein Klassenkamerad, der von einer Straßenbahn überfahren wurde, ganz mager, in einer Skijacke, dribbelte mit einem Lumpenball – rührend, daß er den mitgebracht hat. Aliks Cousine Musja, als Kind an Leukämie gestorben, durchquerte das Zimmer mit einer Waschschüssel in der Hand, allerdings war sie kein Kind mehr, sondern ein erwachsenes junges Mädchen. Das alles war nicht im geringsten sonderbar, sondern ganz normal. Alik hatte sogar das Gefühl, als seien frühere Fehler und Irrtümer nun korrigiert.

Fima trat zu ihm und berührte seine kalte Hand.

»Alik, vielleicht warst du für heute lange genug auf?«

»Ja«, stimmte Alik ihm zu.

Fima hob den federleichten Körper hoch und trug ihn ins Schlafzimmer. Aliks Lippen waren blau und seine Fingernägel violett, nur das Haar leuchtete noch immer in dunklem Kupferton.

Hypoxie, registrierte Fima mechanisch.

Nina nahm eine Flasche mit Kräutertinktur vom Fensterbrett.

Einer der Paraguayer, der Dolmetscher, bat Valentina, ihr Haar berühren zu dürfen. Mit einer Hand fuhr er in seine grobe, pechschwarze Mähne, mit der anderen strich er durch Valentinas Haar mit den verschiedenfarbigen Strähnen und lachte; ihr bunter Kopf gefiel ihm. Sie waren vor zwei Wochen aus einem großen Dorf, das sich im tropischen Regenwald verlor, nach New York gekommen und hatten noch nicht alle Wunder der für sie neuen Welt mit eigenen Händen berührt. Valentina aber hatte das eigenartige

Gefühl, als habe sie plötzlich eine Kappe auf dem Kopf. Übrigens war das durchaus nicht unangenehm, und nach ein paar Minuten war es vorbei.

Alik schnappte nach Luft. Er wußte, er mußte kräftig atmen, sonst fror der warme Spalt im Schal zu. Er atmete mehrmals krampfhaft ein und kam mit dem Ausatmen nicht nach.

»Ich bin müde«, sagte er.

Fima faßte nach seinem Handgelenk, das dürr war wie der Ast eines toten Baumes. Es starb das Zwerchfell, es starben die Lungen, es starb das Herz. Fima öffnete seine Arzttasche und überlegte. Er könnte Kampfer spritzen, das erschöpfte Herz ankurbeln, es zum Galoppieren bringen. Aber wie lange würde es durchhalten? Oder ein Betäubungsmittel. Angenehmes Vergessen, aus dem Alik wohl nicht mehr zurückkehren würde. Und wenn man alles so ließ, wie es war? Noch einen Tag oder zwei. Keiner wußte, wie viele Stunden das dauern konnte.

Dieses Land verabscheute das Leiden, lehnte es grundsätzlich ab und akzeptierte es nur als Einzelfall, der unverzüglich behoben werden mußte. Die junge Nation, die das Leiden negierte, hatte ganze Schulen entwickelt, philosophische, psychologische und medizinische, die nur eine einzige Aufgabe hatten: dem Menschen um jeden Preis das Leiden zu ersparen. Diese Idee ging nur mit Mühe in Fimas russischen Kopf. Das Land, aus dem er stammte, liebte und schätzte das Leiden, nährte sich sogar davon; durch Leiden wächst der Mensch, wird er erwachsen und klüger. Und auch Fimas jüdisches Blut, Jahrtausende immer wieder durch Leiden gefiltert, enthielt eine lebenswichtige Substanz, die ohne Leiden nicht existieren konnte. Wird solchen Menschen das Leiden genommen, verlieren sie den Boden unter den Füßen.

Aber mit Alik hatte das nichts zu tun. Fima wollte nicht, daß sein Freund in seinen letzten Stunden so grausam litt.

»Ninotschka, jetzt rufen wir den Notarzt«, sagte Fima bedeutend entschiedener, als er innerlich war.

14

Der Krankenwagen kam nach fünfzehn Minuten. Ein kräftiger junger Schwarzer mit vorstehendem Kiefer, baumlang wie ein Basketballspieler, und ein schmächtiger Intellektueller mit Brille. Der Schwarze war der Arzt, der andere, vermutete Fima, ein geflohener Pole oder Tscheche, der das amerikanische Diplom auch noch nicht geschafft hatte. Eine unerwünschte und unangenehme Gemeinsamkeit. Fima stellte sich ans Fenster.

Der Schwarze schlug das Laken zurück. Bewegte seine Hand vor Aliks Augen. Alik reagierte nicht. Der Arzt faßte nach seinem Handgelenk, das in der gewaltigen Pranke verschwand wie ein Bleistift. Der Satz, den er dann sagte, war lang und nicht zu verstehen. Fima erriet mehr, daß er von künstlicher Lunge und Krankenhaus sprach. Aber er verstand nicht einmal, ob er Alik mitnehmen wollte oder sich im Gegenteil weigerte.

Aber Nina schüttelte Kopf und Haar und sagte auf russisch, daß sie Alik nirgendwohin fahren lasse. Der Arzt sah die abgemagerte Schöne aufmerksam an, schlug dann seine großen Lider mit den riesigen Wimpern nieder und sagte:

»Ich verstehe, Ma'am.«

Dann füllte er den Inhalt von drei Ampullen in eine große Spritze und jagte sie Alik zwischen Haut und Knochen, in die kaum noch vorhandene Hüfte.

Der Bebrillte war mit seinem Schreibkram fertig, runzelte mit Leidensmiene die buschigen Brauen im langnasigen Gesicht und sagte zu dem Arzt, mit einem Akzent, der selbst Fima ungeheuerlich vorkam:

»Die Frau ist in schlechtem Zustand, geben Sie Tranquilizer vielleicht, in Anbetracht ...«

Der Arzt streifte die Handschuhe ab, warf sie in seinen Koffer und murmelte etwas Verächtliches, ohne den anderen auch nur anzusehen. Fima wurde ganz schlecht. Wie der ihn ...

Warum sitze ich hier rum wie der letzte Arsch, das bringt doch nichts. Ich muß zurück, dachte Fima. Und erschrak auf einmal: Kann ich wirklich wieder Arzt sein? Schaffe ich diese ganzen blöden Prüfungen denn auf russisch? Aber wer fragt in Charkow schon danach, da reicht auch das Diplom.

Als die nutzlosen Mediziner wieder weg waren, entfaltete Nina auf einmal hektische Geschäftigkeit. Wieder hantierte sie mit ihren Flaschen. Sie setzte sich an Aliks Fußende, goß sich eine Flüssigkeit auf die Hand und rieb Alik die Beine ein, von den Zehen nach oben, zur Wade, dann zur Hüfte.

»Die verstehen nichts, überhaupt nichts. Keiner versteht was, Alik. Sie glauben einfach an nichts. Aber ich glaube. Ich glaube. Mein Gott, ich glaube doch ...« Sie goß sich immer wieder etwas auf die Hand, Flecke breiteten sich auf dem Laken aus, es spritzte nach allen Seiten, aber sie rieb Alik verbissen die Beine ein, dann die Brust.

»Alik, Alik, mach doch irgendwas, sag doch was. Diese verfluchte Nacht. Morgen wird's besser, bestimmt ...«

Aber Alik antwortete nicht, er atmete nur krampfhaft, mühsam.

»Nina, leg dich ein bißchen hin, ja? Und ich massiere ihn. Gut?« schlug Fima vor, und sie willigte überraschend schnell ein. »Und dann kümmert sich Joyka. Sie wollte heute nacht Wache halten. Vielleicht legst du dich dorthin, auf den Teppich. Und sie setzt sich hierher.«

»Sie soll abhauen. Ich brauche keinen.« Sie legte sich mit dem Gesicht nach unten zu Aliks Füßen, quer über die breite Liege, auf der er sich nun ganz und gar verlor, und redete noch immer weiter:

»Wir fahren nach Jamaika oder nach Florida. Wir mieten uns ein großes Auto und nehmen alle mit, Valka, Libin und alle, die wir wollen. In Disneyland fahren wir unterwegs auch vorbei. Stimmt's, Alik? Das wird prima. Wir übernachten in Motels, wie damals. Die haben doch keine Ahnung, die Ärzte. Wir bringen dich mit Kräutern wieder auf die Beine, damit sind schon ganz andere wieder auf die Beine gekommen. Schon ganz andere sind wieder gesund geworden.«

»Du solltest ein bißchen schlafen, Nina.«
Sie nickte.
»Bring mir was zu trinken.«
Fima ging ihr was zu trinken holen. Die meisten Gäste waren gegangen.

Im Atelier lag Joyka mit dem grauen Dostojewski-Band in einer Ecke und wartete darauf, daß sie zum Wachen geholt wurde. Neben ihr schlief, eine Decke über den Kopf gezogen, ein Gast, der geblieben war. Ljuda war noch beim Abwaschen und fragte Fima:
»Und?«
»Agonie«, antwortete Fima nur.

Er brachte Nina ihr Glas. Sie leerte es, rollte sich zu Aliks Füßen zusammen, murmelte noch etwas Undeutliches und schlief bald ein. Sie schien nicht zu begreifen, was los war.

Morgen, das heißt heute, mußte Fima zur Arbeit, übermorgen konnte er freinehmen, und am Tag darauf würde er wahrscheinlich nicht mehr gebraucht. Er setzte sich auf die Liege, die buckligen, dichtbehaarten Knie gestreckt, ein knorriger Pechvogel und Langweiler. Jetzt konnte er nichts tun als dasitzen, traurig Wodka mit Saft schlürfen, Alik die Lippen befeuchten – schlucken konnte er nun nicht mehr – und auf das warten, was geschehen mußte.

Gegen Morgen begannen Aliks Finger heftig zu zittern, und Fima entschied, daß es Zeit war, Nina zu wecken. Er streichelte ihr den Kopf; sie war weit weg gewesen und brauchte wie immer lange, um zu begreifen, wo sie jetzt gelandet war. Als sich in ihren Augen Erkennen spiegelte, sagte Fima zu ihr:

»Nina, steh auf!«

Sie beugte sich über ihren Mann und staunte wieder über die Veränderung, die mit ihm vor sich gegangen war in der kurzen Zeit, während sie geschlafen hatte. Sein Gesicht war jetzt das eines Vierzehnjährigen, kindlich, ruhig und heiter. Aber sein Atem war kaum noch zu hören.

»Alik.« Sie berührte seinen Kopf, seinen Hals. »Du, Alik ...«

Seine Aufmerksamkeit für sie war immer geradezu übernatürlich gewesen. Auf ihren Ruf reagierte er jedesmal umgehend und aus beliebiger Entfernung. Er rief sie aus einer anderen Stadt genau in dem Moment an, wenn sie ihn in Gedanken darum bat, wenn sie ihn brauchte. Aber nun war er teilnahmslos – wie noch nie.

»Fima, was ist los? Was ist mit ihm?«

Fima legte ihr den Arm um die mageren Schultern. »Er stirbt.«

Und sie begriff, daß es tatsächlich so war.

Ihre durchsichtigen Augen lebten auf, sie straffte sich und sagte überraschend fest zu Fima:

»Geh raus und komm vorerst nicht wieder rein.«

Wortlos ging Fima hinaus.

15

Ljuda stand unschlüssig an der Tür und sah herein. »Alle raus, alle!« Ninas Geste war majestätisch, sogar theatralisch. Joyka, die in der Ecke saß, das Kinn auf die Knie gestützt, wunderte sich:
»Nina, ich wollte doch bei ihm sitzen.«
»Ich hab gesagt, alle raus.«
Joyka war erbost, zitterte am ganzen Leib und rannte zum Lift. Ljuda stand verwirrt mitten im Atelier. Der schlafende Gast schnarchte, die Decke über den Kopf gezogen. Nina stürzte in die Küche und kramte aus den Tiefen des Geschirrschranks eine irdene weiße Suppenterrine hervor.

Für einen Augenblick sah sie wieder den wundervollen Tag in Washington vor sich, die Nacht bei Slawka Krein, dem fröhlichen Bassisten, nun umgeschult zum traurigen Programmierer, das Frühstück in dem kleinen Lokal vor dem Park in Alexandria. Ein paar Rentner machten auf der Straße unglaublich schlecht, aber völlig kostenlos Musik, und dann fuhr Krein mit ihnen auf den Flohmarkt. Es war ein so fröhlicher Tag, daß sie beschlossen, etwas Wunderschönes zu kaufen, allerdings mußte es spottbillig sein. Sie hatten wirklich wenig Geld. Da sprach sie ein schöner grauhaariger Schwarzer mit verkrüppeltem Arm an, sie erstanden bei ihm die englische Suppenterrine aus der Zeit der großen Bostoner Teeschwemme, und dann schleppten sie das große, unhandliche Ding den ganzen Tag mit sich rum, denn in die Tasche paßte es nicht, und Krein war mit seinem Auto jemanden abholen oder wegbringen gefahren.

Dafür haben wir sie also damals gekauft, dachte Nina, als sie Wasser hineinlaufen ließ.

Den Rücken kerzengerade, wodurch sie noch größer wirkte, trug sie die Terrine feierlich ins Schlafzimmer und hielt sie dabei so hoch, daß ihre Lippen den Rand berührten.

Nun ist sie ganz und gar verrückt, was soll bloß aus ihr werden, dachte Fima und verzog das Gesicht.

Nina hatte schon vergessen, daß sie eben noch alle rausgeschmissen hatte.

Sie stellte die Suppenterrine vorsichtig auf einen roten Hocker, holte drei Kerzen aus der Kommode, zündete sie an, ließ ein bißchen Wachs auf den Gefäßrand tropfen und klebte die Kerzen darauf. Alles gelang ihr auf Anhieb, ganz mühelos; als wollten die Dinge ihr entgegenkommen.

Sie nahm die kleine Ikone aus Papier von der Wand und lächelte, weil sie an den seltsamen Mann denken mußte, von dem sie stammte. Damals wohnte einer der unzähligen obdachlosen Emigranten bei ihnen. Nina machten solche Gäste in der Regel nichts aus, sie bemerkte sie kaum, aber diesen wollte sie so schnell wie möglich wieder loswerden, doch Alik sagte nur:

»Nina, sei still. Uns geht es viel zu gut.«

Der Bursche damals war nicht ganz richtig im Kopf, er wusch sich nicht, trug eine Art Büßerhemd, haßte Amerika und erklärte, er wäre um nichts in der Welt hergekommen, aber er habe eine Vision gehabt, daß Christus jetzt in Amerika sei und er ihn suchen müsse. Also suchte er ihn, hetzte von morgens bis abends durch den Central Park. Dann setzte ihm jemand einen anderen Floh ins Ohr, und er machte sich auf nach Kalifornien, zu einem Gleichgesinnten, einem Amerikaner, Serafim oder Sebastian, der sollte auch verrückt sein und obendrein noch Mönch.

Nina lehnte die Ikone gegen die Terrine und verharrte einen Augenblick in Gedanken. Etwas beunruhigte sie ... Aliks Name ... Sein Name war völlig unmöglich: Zu Ehren des verstorbenen Großvaters hatten seine Eltern ihn Abraham genannt. Sie riefen ihn aber immer Alik und stritten bis zu ihrer Scheidung ständig darüber, wer auf die Idee gekommen war, dem Kind einen so absurden, provokanten Namen zu geben. Jedenfalls kannten nicht einmal alle engen Freunde seinen richtigen Namen, zumal seine amerikanischen Papiere auf den Namen Alik lauteten.

Der Mann, der nur noch kurze Zeit überhaupt einen Namen tragen würde, schnarchte hin und wieder krampfartig.

Nina suchte hektisch nach dem alten Kirchenkalender, griff aufs Geratewohl ins Bücherregal und fand ihn auf Anhieb hinter einem unordentlichen Bücherstapel. Beim fünfundzwanzigsten August stand: Märt. Fotij und Anikita, Pamfil und Kapiton; hl. Märt. Alexander. Wieder war alles goldrichtig. Der Name paßte. Alles kam ihr entgegen. Sie lächelte.

»Alik«, sprach sie ihren Mann an. »Sei mir nicht böse, ich taufe dich jetzt.«

Sie nahm ihr goldenes Kreuz ab, ein Erbstück von ihrer Großmutter, einer Terek-Kosakin. Marja Ignatjewna hatte ihr alles erklärt: Jeder Christ kann einen Sterbenden taufen. Ob mit einem Kreuz aus Gold oder mit einem aus zusammengebundenen Streichhölzern. Ob mit Wasser oder mit Sand. Nun mußte sie nur die einfachen Worte sagen, die sie noch wußte. Sie bekreuzigte sich, tauchte das Kreuz ins Wasser und sprach mit heiserer Stimme:

»Im Namen des Vaters, des Sohnes und des Heiligen Geistes ...«

Sie schlug im Wasser ein Kreuz, tauchte ihre Hand in die Terrine, schöpfte etwas Wasser, besprengte damit Aliks Kopf und schloß:

»... taufe ich den Knecht Gottes Alik.«

Sie merkte nicht einmal, daß ihr der so passende Name Alexander im entscheidenden Moment entfallen war.

Weiter wußte sie nicht. Mit dem Kreuz in der

Hand setzte sie sich neben Alik und strich ihm mit den Fingern das Taufwasser über Gesicht und Brust. Eine der drei Kerzen bog sich und fiel allen physikalischen Gesetzen zuwider nicht nach außen, sondern in das nun geweihte Gefäß. Zischte und verlosch. Dann hängte Nina Alik ihr Kreuz um.

»Alik, Alik«, rief sie ihn an. Er reagierte nicht, holte nur mit kehligem Schnarchen Luft und verstummte wieder.

»Fima!« rief sie.

Fima kam herein.

»Schau mal, was ich gemacht habe, ich hab ihn getauft.«

Fima verhielt sich ganz professionell.

»Na ja, hast du ihn eben getauft. Schaden kann's nicht.«

Die Lebhaftigkeit und das wunderbare Gefühl, alles richtig zu machen, verließen Nina auf einmal. Sie schob den Hocker in die Ecke, legte sich neben Alik und redete verworrenes Zeug; Fima hörte gar nicht hin.

Die Tür ging auf, und Kipling kam herein, der stille Hund, der schon den dritten Tag an der Tür lag und auf sein Frauchen wartete. Er legte seinen Kopf auf die Liege.

Er muß mal raus, erriet Fima. Kurz nach sechs mußte er los zur Arbeit. Joyka war beleidigt abgehauen. Mitten in der Nacht war auch Ljuda gegangen. Fima weckte den Schlafenden. Es war nicht Libin, wie er vermutet hatte, sondern Schmul. Das war sehr praktisch, denn Schmul lebte schon seit knapp zehn Jahren, seit er in Amerika war, von Sozialhilfe und mußte nirgendwohin. Fima rüttelte ihn wach, gab ihm Anweisungen für den Notfall und seine Telefonnummer im Dienst. Nun mußte er nur noch mit dem Hund raus, der brav an der Tür stand und mit dem Schwanz wedelte, und dann konnte er zur Arbeit fahren.

16

Am Tag nach der Taufe verließ Nina das Schlafzimmer nicht, sie lag neben Alik, hielt seine Beine umklammert und ließ niemanden herein.

»Leise, leise, er schläft«, sagte sie jedem, der die Tür aufmachte.

Alik war in einem Dämmerzustand, er röchelte nur hin und wieder. Dabei nahm er alles wahr, was um ihn herum gesprochen wurde, aber wie aus weiter Ferne. Manchmal wollte er sogar sagen, daß alles in Ordnung sei, aber der Schal war zu fest zugebunden, und er konnte ihn nicht lockern.

Zugleich war er stark in Anspruch genommen von ganz neuartigen Empfindungen. Er fühlte sich leicht, wie in Nebel gehüllt und völlig mobil. Es war, als bewege er sich in einem Schwarzweißfilm, aber das Schwarze war nicht ganz schwarz und das Weiße nicht ganz weiß. Vielmehr bestand alles aus Grautönen, als wäre der Film alt und abgenutzt. Das war keineswegs unangenehm.

Die Bewegung, nach der er seit Monaten so ausgehungert war, empfand er als ungeheuren Genuß, vergleichbar höchstens mit einem Drogenrausch. Die Schatten am Rand des verschwommenen Weges kamen ihm vage vertraut vor. Manche erinnerten an die Silhouetten von Bäumen, andere sahen aus wie Menschen. Wieder erschien sein Lehrer Nikolai Wassiljewitsch, und Alik war zufrieden: Das Auftauchen von Nikolai Wassiljewitsch, Galosche, dem Mathematiker, einem Mann von strengem, nüchternem Verstand, bewies, daß alles vollkommen real war; es enthob ihn der leisen Zweifel, ob es nicht nur ein Traum sei, Fieberwahn ... Nikolai Wassiljewitsch erkannte ihn offensichtlich, grüßte ihn, und Alik bemerkte, daß er auf ihn zukam.

Nina klapperte wieder mit ihren Flaschen, aber das Klappern war eher angenehm, wie Musik. Sie goß sich die Reste einer Kräutertinktur in die Hände und flüsterte etwas Undeutliches, aber das alles störte ihn nicht, ganz und gar nicht. Galosche war nun schon ganz nah, und Alik sah, daß er noch immer lautlos die Lippen bewegte, wie früher in der Schule. Alik hatte diese seine Angewohnheit ganz vergessen, nun erinnerte er sich voller Rührung wieder daran. Auch das überzeugte ihn: Nein, das war kein Traum, kein Traum, es war alles wirklich.

Am Mittag kamen zwei Handwerker, um die Klimaanlage zu reparieren, ein gleichgültiger Mulatte voller Goldkettchen und sein schmächtiger junger Gehilfe. Einer von Aliks Freunden hatte sie bestellt und die Reparaturkosten übernommen. Nina ließ sie herein. Sie brachten die Klimaanlage schnell in Gang und warfen keinen einzigen Blick auf den Sterbenden. Die Hitze im Zimmer wich rasch staubiger Kühle. Dann kam Valentina; Nina ließ sie nicht ins Schlafzimmer, darum blieb sie im Atelier bei der verheulten Joyka.

Auf dem schmutzigen weißen Teppich in der Ecke hatte es sich T-Shirt gemütlich gemacht; eine zusammengerollte Decke unterm Kopf, las sie auf englisch ein Buch, das sie gern im Original gelesen hätte. Es war das »Große Buch vom völligen Nirwana«. Seit gestern bedauerte sie immer wieder, daß sie kein Mann war und nicht in ein tibetisches Kloster gehen konnte. Am Morgen hatte sie ihre Mutter gefragt, ob sie sich nicht operieren lassen könnte, um ihre Brust um die Hälfte zu verkleinern. Als wäre sie damit dem ersehnten Los eines tibetischen Mönches greifbar näher.

Alik hatte mehrere Kissen im Rücken, er saß fast aufrecht im Bett. Nina befeuchtete ihm die dunkel gewordenen, ausgetrockneten Lippen und versuchte, ihm mit einem Strohhalm Wasser einzuflößen, aber es rann gleich wieder heraus.

»Alik, Alik«, rief sie, berührte und streichelte ihn. Sie legte die Lippen auf seine Magengrube und fuhr mit der Zunge weiter hinunter, zum Nabel, die kaum wahrnehmbare Linie entlang, die den Menschen zweiteilt. Sein Körper roch fremd, seine Haut schmeckte bitter. Mit dieser bitteren Marinade beizte sie ihn seit zwei Monaten unablässig.

Sie verharrte in den kurzen roten Locken und dachte: Die Haare verändern sich überhaupt nicht.

Schließlich hörte sie auf, ihn zu zausen, wurde still, und plötzlich sagte Alik ganz deutlich:
»Nina, ich bin wieder völlig gesund.«

Als Fima gegen acht von der Arbeit kam, fand er im Schlafzimmer ein höchst sonderbares Bild vor: Splitternackt saß Nina auf ihrem schwarzen Kimono vor Alik, rieb sich die wunderschönen Hände mit Kräuterschlamm ein und sagte dabei immer wieder:
»Siehst du, wie das hilft, das sind gute Kräuter ...«
Sie hob die glänzenden Augen zu Fima und sagte feierlich und schlaftrunken:
»Alik hat mir gesagt, er ist wieder gesund.«
Er ist tot, vermutete Fima. Er berührte Aliks Hand – sie war leer, der Trommelrhythmus war verstummt.

Fima ging hinüber ins Atelier, goß sich ein Wasserglas halbvoll mit billigem Wodka aus einer großen Henkelflasche, trank ihn und lief ein paarmal von einem Ende des Ateliers zum anderen. Es war noch nicht viel Betrieb, die meisten kamen später. Niemand beachtete ihn, alle waren beschäftigt: Valentina und Libin spielten mit Aliks Backgammon, Joyka legte Tarot-Karten, wie Nina es ihr beigebracht hatte; sie versuchte Klarheit in ihr ohnehin klares einsames Leben zu bringen. Faina aß Spiegelei mit Mayonnaise; sie aß alles mit Mayonnaise. Ljuda aus Moskau hatte längst sämtliches Geschirr abgewaschen, saß nun neben ihrem Sohn vor dem Fernseher und wartete auf Neuigkeiten aus Moskau.

»Aljoscha, mach den Fernseher aus, Alik ist tot«, sagte Fima leise. So leise, daß ihn keiner hörte.

»Kinder, Alik ist tot«, wiederholte er ebenso leise. Die Lifttür klappte, und Irina kam herein.

»Alik ist tot«, sagte er zu ihr, und nun hörten es endlich alle.

»Jetzt schon?« entfuhr es Valentina so klagend, als hätte er ihr versprochen, ewig zu leben, und durch seinen vorzeitigen Tod alle Pläne zunichte gemacht.

»Oh, shit«, rief T-Shirt, schleuderte ihr Buch in die Ecke und stürzte zum Lift, wobei sie fast ihre Mutter umrannte.

Irina stand an der Tür und rieb sich die angerempelte Schulter.

Vielleicht sollte ich für eine Woche nach Rußland fahren, dachte sie, Kasanzews suchen und Aliks Schwester Gisja. Sie ist bestimmt schon eine alte Frau, sie war vierzehn Jahre älter als Alik. Sie hatte mich gern.

Joyka legte die Karten weg und fing an zu weinen.

Plötzlich zogen sich alle etwas an. Valentina schlüpfte in einen langen indischen Rock. Ljuda zog ihre Sandalen an. Alle wollten ins Schlafzimmer, aber Fima hielt sie zurück:

»Wartet, Nina weiß es noch nicht. Wir müssen es ihr sagen.«

»Sag du's ihr«, bat Libin.

Er sprach eigentlich seit drei Jahren nicht mehr mit Fima, jetzt aber fiel ihm gar nicht auf, daß er sich an ihn wandte.

Fima öffnete die Schlafzimmertür einen Spalt und sah hinein. Alles war unverändert. Alik lag da, bis zum Kinn mit dem orangegelben Laken bedeckt, und auf dem Boden saß Nina, rieb sich die schmalen, langfingrigen Hände ein und murmelte:

»Das sind gute Kräuter, Alik, die haben eine unheimliche Kraft.«

Kipling war auch im Zimmer. Er hatte die Vorderpfoten auf die Liege gelegt und darauf seinen klugen, traurigen Kopf.

Von wegen Hunde haben Angst vor Toten, alles Unsinn, dachte Fima.

Er hob Nina hoch, nahm ihren durchnäßten Kimono vom Boden und legte ihn ihr um die Schultern. Sie fügte sich.

»Er ist tot«, sagte Fima zum wiederholten Mal und hatte das Gefühl, als habe er sich schon gewöhnt an den neuen Zustand der Welt, ohne Alik.

Nina sah ihn mit ihren durchsichtigen Augen aufmerksam an und lächelte. Sie wirkte müde und ein bißchen verschmitzt.

»Alik ist wieder gesund, weißt du?«

Er führte sie aus dem Schlafzimmer. Valentina brachte ihr ihren gewohnten Drink. Nina trank, lächelte mondän ins Leere und sagte:

»Alik ist wieder gesund, wißt ihr? Er hat es mir selber gesagt.«

Joyka gab einen Laut von sich, der wie ein Lachen klang, lief hinaus in die Küche und hielt sich den Mund zu. Jemand klingelte unten an der Haustür. Nina saß mit leuchtendem und verwirrtem Blick im Sessel und jagte mit ihrem Strohhalm das Eis im Glas.

Die reinste Ophelia. Aber einen Selbstschutz wie ein guter Boxer: Sie will nichts wissen. Schon richtig, er kann sie gar nicht verlassen haben, sie lebt außerhalb der Realität, und er hat ihre Verrücktheit immer abgeschirmt. Ja, diese Verrücktheit hat ihre Logik. Irina konnte hier nichts mehr tun. Sie wollte so schnell wie möglich weg.

Sie fuhr hinunter. T-Shirt wartete nicht vor der Tür. Irina hatte ihre Tochter aus den Augen verloren. Sie überquerte die Straße und ging ins Café gegenüber.

Der schwarze Barkeeper sah ihr an, was los war, fragte: »Whiskey?« und stellte ihr sofort ein Glas hin.

Ach, natürlich, ein Freund von Alik, erkannte Irina, wies auf das Haus gegenüber und sagte:

»Alik ist gestorben.«

Der Barkeeper wußte sofort, von wem die Rede war. Er rang die wohlgeformten Hände voller silberner Ringe, wobei seine zahlreichen Armreifen klirrten, verzog das dunkle jamaikanische Gesicht und sagte in der Sprache der Bibel:

»Herr, warum nimmst du uns immer das Beste?«

Dann goß er sich aus einer bauchigen Flasche etwas ein, kippte es hinunter und sagte zu Irina:

»Hör mal, Mädchen, wie geht's Nina? Ich möchte ihr Geld geben.«

Schon lange hatte niemand mehr »Mädchen« zu ihr gesagt.

Auf einmal durchfuhr es Irina siedendheiß: Es war, als habe Alik Rußland gar nicht verlassen! Er hat sich hier sein eigenes Rußland geschaffen. Das Rußland von damals existiert auch gar nicht mehr. Und wer weiß, ob es je existiert hat. Er war immer unbeschwert, verantwortungslos. So lebt man hier nicht. Nirgends lebt man so! Woher zum Teufel dieser Charme, mit dem er sogar mein Mädchen eingewickelt hat? Für niemanden hat er irgendwas Besonderes getan, im Gegenteil, alle reißen sich für ihn ein Bein aus. Nein, ich verstehe es nicht. Ich begreife es einfach nicht.

Irina ging zum Telefonautomaten hinten im Café, schob ihre Karte ein und wählte eine lange Nummer. Bei Harris zu Hause schaltete sich der Anrufbeantworter ein, im Büro ging seine Sekretärin ran, die alte Kuh, und erklärte, er sei jetzt beschäftigt.

»Bitte, es ist dringend«, sagte Irina und nannte ihren Namen.

Harris nahm sofort ab.

»Ich kann mich jetzt freimachen und zum Weekend zu dir kommen.«

»Ruf an, wann ich dich abholen soll.« Seine Stimme klang sachlich, aber Irina wußte, daß er sich freute.

Sein hageres rotes Gesicht, der ordentliche Schnurrbart, die pieksaubere, spiegelglatte Glatze ... Das Sofa, ein Glas, eine Zitrone ... elf Minuten Liebe, exakt, man konnte auf die Uhr sehen ... Und das Gefühl totaler Geborgenheit, wenn sie ihren Kopf auf die breite, dicht behaarte Brust legte. Das war ernst, und sie mußte es zu Ende führen.

17

Die Vergangenheit war natürlich unabänderlich. Und was hätte Irina auch ändern sollen?

Nach der letzten Vorstellung in Boston war sie, ohne noch einmal ins Hotel zu gehen, zum Flughafen gefahren. Sie kaufte ein Ticket und war zwei Stunden später in New York. Das war 1975. Nach dem Kauf des Tickets besaß sie noch ganze vierhundertdreißig Dollar, die sie in der Hosentasche aus Rußland mitgebracht hatte. Zum Glück, denn die Truppe hatte während des ganzen Gastspiels kein Geld in die Hand bekommen, das sollte erst am letzten Tag ausgezahlt werden, zum Einkaufen, aber so lange konnte sie nicht mehr warten.

Sie saß im Flugzeug, sah immer wieder zur Uhr und wußte, Krach würde es erst am nächsten Morgen geben, nicht heute abend. Heute abend klappern die Chefs erst mal schwitzend das ganze schäbige Hotel ab, klopfen an alle Zimmer und fragen jeden, wann er Irina das letzte Mal gesehen hat. Und hinterher gibt's jede Menge Ärger, der Kaderleiter fliegt natürlich raus, das ist sicher. Vater ist in Rente, macht bestimmt irgendwelche Geschäfte, der wird sich schon rauswinden. Und Mama, die Gute, die wird sich nur freuen, ich ruf sie gleich morgen an. Ich werd sagen, daß alles glattgegangen ist, sie braucht sich keine Sorgen zu machen.

In New York rief Irina bei Perare an, dem Zirkusmanager, der versprochen hatte, ihr zu helfen. Er war nicht zu Hause. Wie sie dann erfuhr, war er gar nicht in der Stadt. Er hatte einfach vergessen, Irina von seiner Abreise zu informieren. Zufällig hatte sie noch eine Telefonnummer bei sich, die von Ray, einem Clown, den sie drei Jahre zuvor bei einem Zirkusfestival in Prag kennengelernt hatte. Er war zu Hause. Mit einiger Mühe erklärte sie ihm, wer sie war. Kein Zweifel, er erinnerte sich nicht an sie, lud sie aber trotzdem zu sich ein.

Ihre erste Nacht in New York verging wie im Fieber. Ray lebte in einer winzigen Wohnung in Village zusammen mit seinem Freund. Der öffnete auch die Tür, ein schlanker junger Mann in einem Frauenbadeanzug. Die beiden waren großartig und halfen ihr sofort. Später bekannte Ray, daß er sich partout nicht an sie erinnern könne und nicht sicher sei, ob er überhaupt je in Prag gewesen war.

Da Butan, das war der Name oder Spitzname von Rays Freund, seit fünf Jahren als illegaler Immigrant in Amerika lebte, kam Irinas wahnwitziger Schritt den beiden gar nicht so wahnwitzig vor. Sie waren gerade ohne Geld und ohne Engagement und grübelten, wie sie die Miete aufbringen sollten. Die bezahlten sie am nächsten Morgen mit Irinas

Dollars und fuhren dann mit ihr zusammen Geld verdienen. Das Geldverdienen fand im Central Park statt, und sie erklärten, Irina bringe ihnen Glück.

Die ersten paar Tage verrenkte sie auf einem kleinen Teppich mit akrobatischen Kunststückchen die Glieder, dann nähte sie fünf Stoffpuppen, zog sie sich auf Hände, Füße und Kopf, und von da ab lief ihr Geschäft. Irina schlief bescheiden auf drei Sofakissen im Zimmer neben den beiden, ohne deren sexuelle Freiheit zu beeinträchtigen. Nach einer Weile machte Butan bei ihr Annäherungsversuche, worüber Ray sich ziemlich aufregte. Ihr Dreierbund hing an einem seidenen Faden. Irina ging noch mit den beiden zusammen Geld verdienen, aber ihr war klar, daß sie sich dringend einen anderen Lebensunterhalt suchen mußte. Doch die beiden waren wunderbar, und Irina fand es nun gar nicht mehr so schlimm, daß sie so Hals über Kopf abgehauen war, denn offenbar lebte halb Amerika so wie sie.

An einem Tag im August führte sie ihre Nummer vor dem Eingang des kleinen Zoos im Central Park vor und lag plötzlich in den Armen von Alik, der schon zwanzig Minuten lang die fröhliche Arbeit ihrer muskulösen Arme und Beine beobachtet hatte.

Nach weiteren zwanzig Minuten betrat sie seinen Loft, der damals noch ohne Zwischenwände war. Alik lebte schon seit zwei Jahren in Amerika, arbeitete viel und verkaufte sich gut. Er war heiter und unabhängig, sein Leben als Emigrant lief gut. Er betrachtete Irina, das flinke kleine Tierchen mit dem menschlichen, verwegenen Gesicht, und er erkannte, daß sie genau das war, was ihm fehlte.

Seit sie sich getrennt hatten, waren sieben Jahre vergangen. Das erschien ihnen jetzt als verlorene Zeit, und sie bemühten sich, versäumte Worte, Gesten und Taten so schnell wie möglich nachzuholen. Die vierundzwanzig Stunden am Tag reichten ihnen nicht. Alles war wie aus Glas und durchsichtig. Sie spürten keinen Boden unter den Füßen.

Eines Nachts fanden sie auf dem Heimweg einen weißen Teppich, weggeworfen aus einem reichen Haus, und schleppten ihn mühevoll ins Atelier. Auf diesem Teppich saß Irina in der für sie ganz natürlichen Lotos-Pose, vor sich ein Lehrbuch für englische Grammatik. Es war Aliks Idee, mit der Grammatik anzufangen. Die paukte Irina nun. Und er malte seine Granatäpfel. Das ganze Haus war voll davon: überall rosa, braune, purpurrote, vertrocknete, angefaulte und auseinandergebrochene Granatäpfel und ausgepreßte leere Hüllen.

Granatäpfel gab es auf seinen Bildern aus dieser Zeit einzeln, paarweise und in kleinen Gruppen; sie tauschten die Plätze und wechselten ihre Position. Es schien, als müsse er durch diese einfachen Manipulationen jeden Moment etwas völlig Neues entdecken, etwa eine unbekannte Zahl im Bereich der allbekannten Zahlenreihe, zum Beispiel zwischen sieben und acht.

Achtundachtzig Tage wohnte Irina in diesem Atelier. Sie aßen, redeten, umarmten sich, duschten lauwarm, denn auch damals war es heiß, und die Rohre erhitzten sich; und alles war Glück, besser gesagt, erst der Beginn des Glücks, denn es war unvorstellbar, daß das alles aufhören könnte. Joplins Musik rann durch die Nächte.

Irinas feste Lippen wurden zart und weich; sie wußte bereits, daß sie schwanger war, und ein Glücksgefühl erfüllte ihren ganzen Körper von Kopf bis Fuß. Alik wußte noch nichts davon.

Er hatte auch ohne diese Neuigkeit keine Ahnung, was er tun sollte. Er rechnete jeden Tag mit der Ankunft Ninas, von der er sich vor seiner Ausreise hatte scheiden lassen, ohne damals genau zu wissen, ob er die Scheidung ernst meinte oder nicht. Ihr Vater hätte nie in ihre Ausreise eingewilligt, Alik aber war fest entschlossen auszureisen. Als Alik weg war, begann Ninas schleichender Wahnsinn; sie versuchte sich umzubringen. Es war bereits ihr zweiter Suizidversuch, sie lag in der Psychiatrie und rief danach ständig bei Alik an, immer wieder. Dann fand sich endlich ein Amerikaner, der mit Nina eine Scheinehe einging, und nun sammelte sie alle Papiere für die ständige Ausreise zu ihrem fiktiven Ehemann. Das bedeutete mitunter jahrelange Rennereien.

Alik schlitzte gerade mit einem Messer eine lange

rosa Melone auf, sie zerfiel in zwei Teile, da klingelte das Telefon. Nina teilte ihm überglücklich mit, sie habe die Genehmigung bekommen und schon einen Flug gebucht.

»So, nun weiß ich nicht, wie ich da rauskommen soll«, erklärte Alik, als er aufgelegt hatte. Irina war die ganze Geschichte völlig neu.

»Ohne mich überlebt sie nicht, sie ist sehr schwach.«

Er erinnerte sich gut, daß Irina stark war, daß sie auf den Händen die Dachkante entlanglaufen konnte, daß sie weder Chefs noch Behörden fürchtete. Darum wollte er für sie bei Bekannten in Staten Island eine Unterkunft mieten und dann nach und nach die dumme, ausweglose Situation klären, in die er geraten war. An Irinas Stolz, der mit den Jahren nicht geringer geworden war, dachte er nicht. Eine Woche vor Ninas Ankunft, als mit den Bekannten schon alles abgesprochen war, verließ Irina Aliks Haus, und zwar, wie sie glaubte, für immer.

18

Irina trat aus dem Café und blieb stehen. Sie wußte nicht wohin. Wahrscheinlich nach Hause, T-Shirt war bestimmt schon dort. Vor Aliks Haus hielt ein Kleinbus mit Klimaanlage auf dem Dach, parkte direkt unter dem Schild »No standing any time«, und zwei Männer in Uniform stiegen aus. Ein dritter, der aussah wie Charlie Chaplin mit Glatze und ein Köfferchen in der Hand trug, trippelte hinterher.

Der Leichenwagen, erriet Irina. Nach Hause. Bloß schnell nach Hause.

Fima empfing die Angestellten des Bestattungsunternehmens. Er mußte ein bißchen Regie führen und nickte Valentina zu.

»Halt sie hier fest.«

Aber Nina machte gar keine Anstalten aufzustehen. Sie saß in ihrem abgewetzten weißen Sessel und murmelte vor sich hin, irgend etwas über Kräuter, Gottes Willen und Aliks Charakter.

Im Schlafzimmer verschwanden die beiden Rekken und ihr kurzbeiniger Chef. Schade, daß Alik nicht mehr über das komische Trio lächeln konnte.

Während Fima mit Charlie Chaplin, dem Organisator der drei, die Einzelheiten der Beerdigung besprach, holten die Recken aus dem Köfferchen einen riesigen schwarzen Plastiksack, er sah aus wie die Müllsäcke, von denen abends die Straßen voll waren, und stopften Alik in geschicktem Dreiertakt hinein wie in eine Einkaufstüte.

»Stopp, stopp«, hielt Fima sie zurück. »Einen Moment noch. Seine Frau soll das nicht sehen.«

Er ging ins Atelier, zog die fügsame Nina aus dem Sessel und trug sie in die Küche. Dort drückte er sie sanft an sich, berührte mit seiner unrasierten Wange ihren langen, mit haarfeinen Fältchen übersäten Hals und fragte:

»Na, Häschen, was möchtest du? Soll ich ein bißchen Gras holen?«

»Nein, rauchen will ich nicht. Ich würd noch was trinken.«

Er faßte nach ihrem Handgelenk und hielt es einen Augenblick.

»Komm, ich geb dir eine Spritze, ja? Eine schöne Spritze.« Er überlegte, welche Art Cocktail er ihr mixen sollte, um sie für eine Weile auszuschalten.

Während er mit seinem breiten Rücken die Küchentür versperrte, trugen die Leichenträger den schwarzen Sack hinaus – wie man kaputtes, nutzloses Gerümpel wegschafft.

Als die beiden die Heckklappe öffneten und den schwarzen Sack ins Auto schoben, war Irina schon auf dem Weg zur Subway.

Dann gab Fima Nina eine Spritze, sie schlief ein und schlief durch bis zum Morgen, auf demselben orangegelben Laken, auf dem ihr Mann gelegen hatte. Seltsam, sie fragte gar nicht, wo er war. Bis sie einschlief, lächelte sie nur ab und zu zärtlich und sagte:

»Nie hört ihr auf mich, ich hab doch gesagt, er wird wieder gesund.«

Immer neue Besucher kamen. Viele wußten noch nichts von Aliks Tod, sie kamen einfach so vorbei. Er hatte viele Bekannte, nicht nur in der russisch-jüdischen Kolonie der Riesenstadt. Es kam ein italienischer Sänger, mit dem Alik sich vor Jahren in Rom angefreundet hatte. Der Besitzer des Cafés gegenüber brachte tatsächlich einen Scheck. Libin sammelte nach alter russischer Sitte Geld. Es kamen Besucher aus Moskau, einer mit einem Brief für Alik, ein anderer erklärte, er sei ein alter Freund von ihm. Es kamen Leute von der Straße, die niemand kannte. Und Anrufe – aus Paris, aus Jaroslawl ...

Als Vater Viktor erfuhr, daß Nina Alik vor seinem Tod getauft hatte, seufzte er, schüttelte den Kopf und sagte dann:

»Es ist alles Gottes Wille.«

Was sollte der ehrliche rechtgläubige Mann auch sagen?

Am Tag vor der Beerdigung holte er Nina in seinem uralten Auto ab, fuhr mit ihr in die leere Kirche – an diesem Tag war kein Gottesdienst – und las eine Totenmesse für einen Abwesenden, der auch sozusagen in Abwesenheit getauft worden war. Mit volltönender tiefer Stimme sang er die schönsten Worte, die für diesen Anlaß erdacht worden waren. Nina strahlte Freude und engelhafte Schönheit aus, und Valentina, die mit einer Kerze hinter ihr stand, in einer vom Deckenfenster einfallenden staubigen Lichtsäule, vergab sich selbst die Sünde ihrer Liebe zum Ehemann einer anderen.

Als in dem staubigen, menschenleeren Raum das letzte Echo des Gesangs verstummt war, bekam Valentina von Vater Viktor ein quadratisches Päckchen mit Erde, ein weißes Band mit einem Gebet darauf und eine kleine Ikone aus Papier. Als Grabbeigabe.

Dann faßte Valentina die schwankende Nina unter und stieg mit ihr in ein Taxi. Beim Einsteigen in die gelbe Klapperkiste beugte Nina hoheitsvoll ihren kleinen Kopf und rückte die Schultern zurecht, als wäre sie in einem Rolls-Royce auf dem Weg zu einem Empfang im Buckingham-Palast.

Valentina seufzte. Nun hab ich das arme Vögelchen am Hals. Mein Gott, hab ich sie wirklich so viele Jahre gehaßt?

19

Die Betreiber des Bestattungsunternehmens, die Robins hießen, im vorigen Jahrhundert noch Rabinowitsch, hatten die wohlbekannte jüdische Unbeugsamkeit so weit erschüttert, daß ihr Unternehmen nun von einer humanen und kommerziell gerechtfertigten ökumenischen Toleranz getragen wurde; aus der einstigen »Jüdischen Bestattungsgesellschaft« wurde im Laufe der letzten fünfzig Jahre ein schlichtes »Bestattungshaus« mit vier getrennten Sälen für Zeremonien aller religiöser Konfessionen und für die ausgefallensten Kuriositäten. Erst in der letzten Woche mußte Mister Robins in einem Saal eine Leinwand installieren, um, wie es der Verstorbene verfügt hatte, in Gegenwart des aufgebahrten Toten den Freunden und Verwandten unmittelbar vor der Beisetzung einen dreistündigen Film über dessen Tourneen vorzuführen. Er war Steptänzer gewesen.

Das Szenarium für Aliks Bestattung war relativ bescheiden: keine religiöse Zeremonie, keine Grabplatte – dabei betrieben die Robins eine anständige Steinmetzwerkstatt. Aber die Klienten hatten eine Grabstelle im jüdischen Teil bezahlt, dem teuersten des Friedhofs. Allerdings in scheußlicher Lage, direkt an der Mauer, ein Stück abseits vom Weg.

Die Zeremonie war für drei Uhr nachmittags angesetzt, und zehn vor drei war das Foyer vor der Halle voll. Der jetzige Robins, der vierte Besitzer des stabilen, krisensicheren Geschäfts, ein schöner Greis von levantinischem Äußeren, war verwirrt. Er meinte am Charakter der Trauergemeinde alles über seinen Klienten ablesen zu können. Dieses psychologische Spiel betrachtete er als eine der reizvollsten Seiten seines Berufs. Aber diesmal hatte er nicht nur Probleme, die Vermögenslage des Klienten auf Anhieb einzuschätzen, er war sich nicht einmal sicher, welcher Nationalität dieser war, obwohl doch der Wunsch der Angehörigen, ihn im jüdischen Teil des Friedhofs beizusetzen, ein eindeutiges Indiz dafür hätte sein sollen.

Unter den Anwesenden waren Schwarze, was bei jüdischen Beerdigungen äußerst selten vorkam. Allerdings schienen sie, ihrer Kleidung nach zu urteilen, aus dem Künstlermilieu zu stammen. Ein schwarzer Greis kam ihm bekannt vor, das war ein berühmter Saxophonist, an den Namen konnte er sich nicht erinnern, aber das Gesicht hatte er im Fernsehen oder auf Titelblättern von Illustrierten schon gesehen. Sogar ein paar Indios waren da. Auch unter den weißen Gästen herrschte totales Durcheinander: ehrbare jüdische Paare, elegante Angelsachsen, reiche Galeristen und Russen unterschiedlichster Couleur, anständige ebenso wie Schnorrer, die obendrein angetrunken waren. Robins war Amerikaner in der vierten Generation; seine Vorfahren stammten aus Rußland, aber mit der russischen Sprache war ihm auch die romantische Liebe zu dem gefährlichen Land und dessen ungezähmtem Volk abhanden gekommen.

Ein komischer Klient, dachte er. Bestimmt Musiker.

Er ging sogar vom Büro hinüber in die Halle, um einen Blick auf den ungewöhnlichen Toten zu werfen.

Punkt drei kam Nina herein. Alle hielten den Atem an. Unter einem schwarzen Seidenhut mit breitem schwarzen Schleier fiel ihr zu beiden Seiten ihr berühmtes Haar auf die Schultern, Gold mit Silber. Über einem kurzen schwarzen Kleid trug sie einen durchsichtigen, bodenlangen Tüllmantel, ebenfalls schwarz, dazu altmodische Schuhe mit hoher Plateausohle und riesigen Keilabsätzen.

Ein Galerist stöhnte und flüsterte seinem Freund ins Ohr:

»Das schulterfreie Mieder von Worth ist die beste Idee in der Modegeschichte aller Zeiten. Einzigartig. Alik hatte einen umwerfenden Geschmack. Wenn er Modeschöpfer gewesen wäre, dann hätten wir keinen Durchschnittsmaler, sondern einen genialen Designer.«

»Ein tolles Model«, lobte der andere. »Sie ist mir schon vor drei Jahren aufgefallen.«

»Zu alt«, erwiderte der erste bedauernd.

Fima, in einem hellblauen Hemd mit symmetrischen Flecken unter den Achseln und mit Sandalen an den nackten Füßen, führte Nina, hin- und hergerissen zwischen heftigem Mitleid mit der Ärmsten und tiefem Abscheu gegen die Rolle, die er hier spielen mußte, obwohl ihm Laientheater gar nicht lag. Zudem hatte er in diesen zwei Tagen viel Scheiße fressen müssen, um das Geld für die Beerdigung zusammenzubringen.

Nina ging als »schwarze Braut«, als »Sati«, als indische Witwe auf dem Weg zum Scheiterhaufen. Seit Aliks Tod wußte sie nur zwei Dinge: Alik war wieder gesund, und er war nicht mehr da. Diese Dinge wären für ein normales menschliches Bewußtsein unvereinbar gewesen. Doch in ihrem kleinen Kopf, der feierlich auf ihrem schlanken Hals saß, war seit langem etwas verschoben; wie das Muster in einem Kaleidoskop sich bei einer leichten Drehung verändert, war nun alles neu angeordnet, beruhigend vereinzelt, ohne einander zu stören.

Die Worte »Tod«, »gestorben«, »Beerdigung« ertönten in ihrer Umgebung in den letzten Tagen ständig, drangen aber nicht durch ihren unsichtbaren Panzer; für sie war einfach kein Platz in dem Muster, das sich in ihrem Bewußtsein gebildet hatte.

Jetzt war sie hier. Das hatte mit Alik zu tun. Alik mochte es, wenn sie schön angezogen war. Sie hatte sich sorgfältig zurechtgemacht und ihre Garderobe für ihn ausgesucht.

Sie ging durch die Menschenmenge, ohne jemanden zu erkennen. Mit der linken Hand preßte sie eine schwarze Lackledertasche, die aussah wie ein dreischichtiger Kringel, an ihre Brust, in der rechten trug sie dickstengelige Lilien, deren stolze weißgrüne Köpfe hinter dem Saum ihres durchsichtigen Mantels herschleiften.

Die Menschen machten ihr Platz, und die Saaltür öffnete sich genau in dem Augenblick, als Nina sie fast erreicht hatte. Ohne ihre Schritte zu verlangsamen, betrat sie den Saal. In einem breiten Keil folgten ihr die anderen. Sehr viele Menschen mit Blumen, viel mehr, als dieser Saal normalerweise faßte.

An der Stirnseite stand der Katafalk, darauf eine große weiße Schachtel, deren Form an eine Eau-de-Cologne-Verpackung erinnerte. In der Schachtel lag eine wunderschön geschminkte Puppe, ein rothaariger Junge mit kleinem Gesicht und kleinem Schnauzbart.

Ein Herr, der aussah wie ein bejahrter Fernsehansager, wollte gerade den Mund aufmachen, aber Nina ging wie durch ihn hindurch. Und obwohl er sichtlich ungehalten war, daß die extravagante Witwe ihn so respektlos weggeschoben hatte, trat er beiseite.

Sie hob den Schleier, beugte sich hinunter, betrachtete eingehend die unpassende Skulptur aus dem sonderbaren, undefinierbaren Material und lächelte ein kleines, verstehendes Lächeln:

Anstelle von Alik, dachte sie.

Als sie den Kopf hob, bemerkten die ganz in der Nähe stehenden Galeristen, daß sich von ihrem geraden Scheitel ab über ihr ganzes Gesicht ein feiner schwarzer Strich zog, der sich den Hals hinunter fortsetzte und im tiefen Ausschnitt ihres Kleides verschwand.

»Klasse«, flüsterte der eine Galerist dem anderen anerkennend zu.

»Meine Damen und Herren!« begann der offizielle Herr feierlich.

Es war eine exakte, wortgetreue Übersetzung des Friedhofsgeschwafels, das jenseits des Ozeans dicke Damen in provinziellen schwarzen Kunstfaserkostümen vor nachgebildeten Krematoriumsöfen abzusondern pflegten.

Der Sarg wurde normalerweise auf dem Katafalk zum Grab gefahren, das war Aufgabe der Leichenträger. Doch das Grab lag in einem so dicht besiedelten Teil des Friedhofs, daß der Sarg nur getragen werden konnte, und auch dabei trat man unweigerlich auf andere Gräber. Etwa dreißig Meter vor dem Ziel brach der Weg plötzlich ab; weiter führte nur noch ein fußbreiter Durchgang. Die Männer gingen nach vorn, bildeten eine Kette bis zum ausgehobenen Grab, und das weiße Schiff schwamm von Hand zu Hand zu seinem letzten Ankerplatz. Fröhlich und gefährlich schaukelte es über den Köpfen. Die kräftige Augustsonne trieb plötzlich einen Windstoß vom Ozean heran. Nina stand auf dem Sockel eines fremden Grabsteins, neben der frischen Grube, deren ausgehobene Erde ordentlich in grellrosa Körben danebenstand; der Wind zerrte den schwarzen Tüll ihres Gewands nach hinten, und ihr kostbares ausgeblichenes Haar blähte sich wie ein Segel.

Irina stand mitten in der dichten Menge. Von Alik hatte sie schon vor langer Zeit Abschied genommen. Nun kümmerte sie sich um etwas anderes: Sie schuf einen Vater für ihr Kind. Im Grunde hatte sie gar nichts dafür tun müssen, die beiden hatten einander allein gefunden. Sie mußte in dieses Unternehmen nur eine Menge Geld reinstecken, das sie nie zurückbekam. Für dieses Grab hier war auch eine Menge draufgegangen. Aber das Mädchen hatte einen geliebten Vater, und es würde dessen Grab haben. Irina lachte bitter. Ich hab ihm alles verziehen, aber nichts vergessen.

Ich hab mein Mädchen in einem Armenkrankenhaus zur Welt gebracht, und du hast dich derweil mit Nina vergnügt und vielleicht mit dieser anderen Ische, mit Valentina. Die steht einen halben Schritt hinter ihr, aber doch dicht dabei, die weiß, wo sie hingehört. Was mich interessieren würde: Ist die nun ein raffiniertes Aas oder einfach als Weib gut? Ganz schön boshaft bin ich geworden. Alik, Alik, alles hätte anders sein können. Ging aber nicht. Auch gut!

In diesem abgelegenen Teil des Friedhofs, dicht an der Einfriedung, strebten die Grabplatten in die Höhe. Um jede horizontale Platte gruppierten sich mehrere verwandte, die wirkten, als stünden sie auf einem Bein. Quadratische, eckige Inschriften, die noch an den Stab Mose und die Gesetzestafeln gemahnten, standen neben englischen mit absurdem gotischen Akzent, die den Geburtsort und den in Stein verewigten Geschmack der vor langer Zeit Verstorbenen preisgaben.

Der geschlossene Sarg stand auf dem Nachbargrab, und der inzwischen angelangte Robins, der durch seine Anwesenheit den ungewöhnlichen Klienten würdigte, dirigierte: Runterlassen! Valentina sagte etwas zu Nina, die daraufhin ihre runde Tasche aufmachte und das Päckchen mit Erde hervorholte. Sie warf sie in kleinen Prisen ins Grab, wie Salz in eine Suppe, und bewegte die Lippen. Zwei Totengräber standen schon mit Schaufeln bereit.

»Halt, noch nicht, halt!« rief plötzlich jemand vom Hauptweg.

Hinter den Wartenden entstand Bewegung, peinliches Gedränge, jemand kämpfte sich mühselig durch die Menge. Schließlich schob sich der feuerrote Ljowa Gottlieb nach vorn. Gefolgt von bärtigen Juden, zehn insgesamt. Die Truppe war ein bißchen spät dran. Sie waren aus ihrem Bus gestiegen und hatten sich verlaufen, weil jeder von ihnen seine eigene Ansicht vertrat, wo sich die Friedhofsverwaltung befand. Nun streiften sie sich im Laufen Gebetsmäntel und Gebetsriemen über, schoben die Männer beiseite, traten den Frauen auf die Füße und begannen schließlich:

»Gehoben und geheiligt werde Sein Großer Name in der Welt, die Er neu erschaffen wird, und Er wird die Toten auferstehen lassen und wird sie erwecken zu ewigem Leben ...«

Sie sangen und wehklagten mit hohen, traurigen Stimmen, aber außer Robins verstand wohl niemand den Sinn ihres archaischen Gesangs.

»Wo kommen denn diese Altjuden her?« fragte Valentina Libin.

»Siehst du doch, die hat Ljowa angeschleppt.«

Sie sollten nie erfahren, daß Rabbi Menasche auf diese Weise für das »gefangene Kind« gesorgt hatte.

Valentina kamen die Juden verdächtig dekorativ vor, womöglich waren es Schauspieler aus einem kleinen Theater in Brighton Beach.

Das muß ich Alik fragen, dachte sie, und im selben Augenblick wurde ihr klar, daß es viele, sehr viele Dinge gab, die sie nun niemanden mehr fragen konnte.

Sie sprachen drei Totengebete, das dauerte nicht lange. Dann traten die, die vorn standen, zurück vom Grab, die nächsten rückten vor, der Blumenberg wuchs, er reichte Nina schon bis zur Hüfte, doch sie ordnete noch immer Blume für Blume, streichelte sie, baute eine Art Haus oder Mausoleum daraus und lächelte auf eine Art, daß sie nun vielen vorkam wie eine gealterte Ophelia.

Dann gingen alle; auch jetzt waren die Juden, die ihre weißen Gebetsmäntel abgestreift hatten und nun schwarze, in der Sonne glühende Anzüge trugen, fast die letzten, aber Nina wartete auf sie und bat sie, mitzukommen zur Totenfeier. Der älteste der Männer, der sich die Kipa mit einem Pflaster auf die Glatze geklebt hatte, hob seine knochigen Hände vors Gesicht, die gelben Finger gespreizt, und sagte bekümmert:

»Kindchen! Juden setzen sich nach der Beerdigung nicht hin und essen. Sie setzen sich auf die Erde und fasten. Obwohl gegen ein Gläschen Wodka nichts einzuwenden ist.«

In ihren dampfenden schwarzen Gewändern kletterten sie in einen Kleinbus mit einer blauen Inschrift auf weißem Grund: »Temple Zion«.

20

T-Shirt und Joyka waren nicht mitgefahren zur Beerdigung, sondern zu Hause geblieben. T-Shirt hängte Bilder auf. Sie holte Aliks alte Bilder hervor, wischte den zweijährigen Staub ab und überlegte, was wo am besten aussah. Mit einem Schlag, wie bei einem sieben Tage alten Kätzchen, waren ihr die Augen aufgegangen, sie sah plötzlich: Das muß dahin, das daneben, das da ganz weg, das ein Stück höher ... Sie brauchte nichts zu entscheiden, sie mußte nur hinsehen, die Bilder fügten sich von allein zu kluger und schöner Ordnung.

Ich werde Kunstgeschichte studieren, beschloß sie sofort und vergaß dabei ganz, daß sie sich letzte Woche Tibet geweiht hatte.

Sie mochte lieber kleine und mittelgroße Bilder, aber an die Stirnseite mußte unbedingt ein großes; sie rief Joyka und Ljuda zu Hilfe, und zusammen hängten sie ein drei Meter hohes Bild auf, das wohl schon fünf Jahre mit dem Gesicht zur Wand gestanden hatte. Das Bild war voll, allzu voll: ein Herbstfest – Birnen, Trauben und Granatäpfel, tanzende Frauen und Kinder, Krüge mit Wein, Berge in der Ferne und ein Mann, der unter ein Vordach trat.

Ljuda schnitt Käse und Wurst auf und schnipselte Salate, Joyka verteilte träge und schläfrig überall Wegwerfgeschirr und russisch-jüdische, angeblich hausgemachte Speisen aus einem Emigrantenladen: Hering, Piroggen, Sülze und einen Salat, der bei den Russen »Olivier« heißt, bei allen anderen Völkern Kartoffelsalat.

Sie kamen alle auf einmal zurück, die ganze Schar. Der Lastenaufzug mußte dreimal fahren. Etwa fünfzig Personen saßen an einem großen Tisch aus Brettern und Gerümpel, die übrigen liefen wie bei einer amerikanischen Party mit Gläsern und Papptellern durch die Wohnung. Erstaunlich, wie bei solchem Gedränge ein Gefühl der Leere aufkommen konnte.

Auch die Galeristen aus Washington waren da. Sie liefen durchs Atelier wie durch eine Ausstellung und betrachteten die Bilder. Sie machten unzufriedene Gesichter, und nach zehn Minuten, es hatte noch niemand etwas getrunken, küßten sie Nina die Hand und verschwanden.

Irina beobachtete sie mißmutig – ihr stand noch ein Prozeß gegen sie bevor. Egal, wie die Lage war, aber sie hatten Alik schließlich nichts gezahlt und ihm die Bilder nicht zurückgegeben.

Faina erwies sich als der Kenner der Rituale, der sich bei jeder Hochzeit und bei jeder Beerdigung findet. Sie goß Wodka in ein Glas, deckte ein Stück Schwarzbrot darüber und stellte es auf einen Teller.

»Für Alik.« So war es Brauch.

Am Tisch setzte der übliche Tafellärm ein, nur ohne laute Gespräche, ohne laute Stimmen. Monotones Gemurmel und Gläserklappern. Wodka wurde eingegossen.

An der Tür stand T-Shirt, blaß, mit geschwollenem Mund und roter, wunder Nase, in dem schwarzen T-Shirt mit dem orange-gelben Aufdruck. In der Hosentasche hielt sie schon eine ganze Weile die bewußte kleine Box umklammert, und nun war die Zeit gekommen, sie hervorzuholen.

Nina saß auf der Lehne des weißen Sessels, der Sessel war leer. Fima stand auf, erhob sein Glas und wollte etwas sagen.

»Hört mal alle her!« rief T-Shirt.

Irina erstarrte – von ihrer eigensinnigen Tochter hätte sie alles mögliche erwartet, aber keinen öffentlichen Auftritt.

»Hört mal her! Das hier ist von Alik für euch!«

Alle drehten sich zu ihr um. Im Nu war sie hochrot, wie Lackmuspapier bei einer chemischen Reaktion, ging aber gleich in die Hocke und legte eine Kassette in den Recorder, der wie immer auf dem Boden stand. Sofort, beinah ohne Pause, erklang Aliks klare, ziemlich hohe Stimme:

»Kinder! Mädchen! Meine Häschen!«

Nina krallte sich an der Sessellehne fest. Aliks Stimme fuhr fort:

»Ich bin hier, Kinder, bei euch! Gießen wir uns

was ein! Laßt uns trinken und essen! Wie immer! Wie jedesmal!«

Mit welch simplen technischen Mitteln er in einem einzigen Augenblick die Mauer der Ewigkeit durchbrach, ein Steinchen herüberwarf vom anderen Ufer, das in undurchdringlichen Nebel gehüllt ist; sich mühelos und ungezwungen für einen Augenblick der Macht des unüberwindlichen Gesetzes entzog, ohne jeden gewaltsamen Kunstgriff der Magie, ohne ein Medium oder einen Totenbeschwörer zu bemühen, ohne wackelnde Tische und kreisende Gläser. Er reichte einfach denen die Hand, die er liebte.

»Und ich bitte euch, kein Scheißgeheule! Es ist alles bestens! Alles in Butter! Okay? Ja?«

Joyka schluchzte laut auf. Wie versteinert, mit hervorquellenden Augen, saß Nina da. Die Frauen ignorierten Aliks Bitte und begannen allesamt zu weinen. Und die Männer, die es sich erlauben konnten, ebenfalls. Fima zog aus seiner Hosentasche einen karierten Lappen, der sich als Taschentuch ausgab.

Alik schien alles zu sehen.

»Warum seid ihr so scheiße drauf, Kinder? Trinken wir auf mich! Ninotschka, auf mich! Auf geht's! T-Shirt, Kindchen, mach den Recorder mal kurz aus.«

Die Kassette lief stumm weiter. T-Shirt drückte erst auf den Knopf, als Aliks Stimme fragte:

»Habt ihr ausgetrunken?«
Sie spulte zurück.

Sie tranken stehend und ohne anzustoßen. Die große Leere, die eintritt, wenn jemand gestorben ist, war auf trügerische Weise ausgefüllt. Aber – und das war erstaunlich – sie war immerhin ausgefüllt.

Irina stand an den Türrahmen gelehnt. Sie hatte sich schon vor langer Zeit ausgeweint. Trotzdem gab es ihr einen Stich. Was war nur so Besonderes an ihm? Er hat alle geliebt? Wie hat sich das denn geäußert? Er war ein guter Maler? Was heißt das heute schon. Er verkauft sich nicht, also ist er schlecht. Ein Lebenskünstler war er. Er hat künstlerisch gelebt. Warum rackere ich mich eigentlich so ab, warum beiße ich mich durch, verdiene einen Haufen Geld? Das ist doch so furchtbar unkünstlerisch. Darum, mein lieber Freund, weil du nicht bei mir warst? Ja, wo warst du denn?

»Habt ihr ausgetrunken?« ertönte Aliks Stimme. »Ich bitte darum, daß sich alle ordentlich besaufen. Vor allem, sitzt nicht mit verheulter Visage rum. Tanzt lieber. Ja, was ich noch sagen wollte: Libin und Fima! Wenn ihr euch heute nicht versöhnt, dann seid ihr Arschlöcher. Wir sind so wenige, eine Handvoll bloß. Trinkt auf mich, und begrabt euren blödsinnigen Zoff!«

Libin und Fima standen sich gegenüber, den Tisch zwischen sich, die einstigen Freunde, Jungen vom selben Hof, und lächelten über Aliks verspätete Beschimpfungen. Sie hatten sich in diesen heißen Monaten bereits ausgesöhnt. Wenn es auch keine eigentliche Versöhnung gegeben hatte, war in der allgemeinen Aufregung dieser Tage mit Panzern, Schüssen und der Revolution in Moskau ihr alter Zwist längst erloschen durch Äußerungen, die an niemanden direkt gerichtet waren, aber doch ihren Adressaten fanden.

»Nicht anstoßen, nicht anstoßen«, mahnte Faina.
»Warte, nicht mit dem Pappbecher.«
Die Gläser stießen derb und dumpf gegeneinander.
»Auf dein Wohl, Rauhbein!«
»Auf deins auch, Büstenhalter!«
Ein Büstenhalter hatte in der Tat einmal eine Rolle gespielt; weiß, mit großen Hornknöpfen, mit ausgeleiertem Gummi und einem Strumpfbandverschluß, der dick mit Garn umwickelt war. Damals in Charkow, gleich nach dem Krieg, in ihrem vorletzten Leben.

»Kinder, ich kann euch nicht danke sagen, denn so ein Danke gibt es nicht. Ich vergöttere euch alle. Besonders euch, Mädchen. Ich bin dieser verfluchten Krankheit sogar dankbar. Ohne sie wüßte ich gar nicht, was ihr für ... Blödsinn. Das hab ich immer gewußt. Ich möchte auf euch trinken. Ninotschka, halt die Ohren steif! Auf dich, T-Shirt! Auf dich, Valentina! Joyka, auf dich! Einen Gruß an die Piroshkowa, ich liebe sie irrsinnig! Faina, danke, Häschen!

Tolle Fotos hast du gemacht! Neletschka, Ljuda, Nataschka, ihr alle, auf euch! Männer, auf euch! Auf euer Wohl! Ja, was ich noch sagen wollte – ich will, daß es lustig wird. Das war's. Schluß, Sense.«

Das Band drehte sich leise schleifend weiter, es waren keine Worte mehr darauf, nur noch heiseres Keuchen. Niemand trank. Alle standen schweigend mit dem Glas in der Hand und lauschten dem krampfhaften Luftholen, und hin und wieder drang auf das leere Band indianische Musik durchs offene Fenster. Alle lauschten angestrengt, als käme noch etwas Wichtiges. Und wirklich: Der Lift ruckte, die Tür klappte.

»T-Shirt, mach den Recorder aus«, sagte Aliks Stimme, erschöpft und alltäglich, ohne jedes Pathos. Dann ein Knacken, und alles verstummte.

Zuerst wurde es nichts mit der Fröhlichkeit. Es war irgendwie zu still. Alik hatte wie immer etwas Ungewöhnliches getan: Vor drei Tagen war er noch lebendig, dann war er tot, und nun war er etwas Drittes, Sonderbares, und darüber waren alle verstört und traurig, obwohl sie durchaus dem Alkohol zusprachen.

Am Tisch war ein Kommen und Gehen, Teller und Gläser wurden von einer Ecke in die andere geschleppt, Gruppen bildeten sich und lösten sich wieder auf. Eine so bunt zusammengewürfelte Gesellschaft hatte die Welt noch nicht gesehen: Aliks

Musikerfreunde waren gekommen und ein paar vereinzelte Gäste, die keiner kannte – unbegreiflich, wo Alik die wohl aufgegabelt hatte und woher sie von seinem Tod wußten. Die Paraguayer traten in geschlossener Phalanx auf, nur ihr Anführer hob sich ab mit seiner dunkelrosa Narbe und dem versteinerten schönen Gesicht. Ein kolumbianischer Professor unterhielt sich angeregt mit einem Müllfahrer. Berman liebäugelte mit Joyka, aber er hatte vor lauter Arbeit schon zwei Jahre keine Frau angerührt und war sich nicht sicher, ob er den Geist aus der Flasche lassen sollte. Dabei kannte er ein paar wesentliche Details über sie noch gar nicht, in die Alik aber eingeweiht war: daß ihre Mutter den altehrwürdigen, schon von Tacitus erwähnten römischen Familiennamen Colonna trug und daß Joyka noch Jungfrau war.

Nina bat jemanden, den grauen Karton vom Hängeboden zu holen. Er enthielt einen rührenden Schatz, vor Jahren von Bekannten im diplomatischen Dienst nach Amerika geschmuggelt: der erste Jazz, zweimal durch den Eisernen Vorhang geschleust. Neben schweren schwarzen Scheiben auch ein paar selbstgemachte, aus alten Röntgenplatten, auf denen sogar noch Aufnahmen von Knochen zu erkennen waren. Außerdem die ersten braunen Tonbänder.

Alik konnte richtig Tango tanzen, mit allen komplizierten Schritten, abrupten Stopps und tiefen Beugungen, die in den fünfziger Jahren folgerichtig in den Rock 'n' Roll übergingen.

Heute trat Libin an Aliks Stelle. Nina und er bewegten sich ruckartig, mit abrupten Wendungen, aber Libin fehlte das spielerisch Schmachtende, das die eigentliche Würze des Tangos ausmacht. Der schwarze Saxophonist flirtete mit der blonden Faina, und sie war sehr nervös, denn einerseits war sie Rassistin wie die meisten russischen Emigranten, andererseits hatte sie es hier mit einem zweifellos amerikanischen Produkt zu tun, das sie noch nicht probiert hatte.

In der Wohnung verbreitete sich Ausgelassenheit. Wen das beleidigte, der ging. Auch Berman und Joyka gingen. Sie hatten jeder für sich eine Entscheidung getroffen, waren sich aber nicht sicher, ob es gutgehen würde. Joyka zitterte vor Angst, vor allem fürchtete sie, hysterisch zu werden. Aber es wurde sehr schön und wunderbar, und am nächsten Morgen wußten sie beide, daß sie nicht vergebens so lange allein gelebt hatten.

Kurz nach zehn erschien der Vermieter zusammen mit dem verlegenen Claude. Der Vermieter, von Claude über Aliks Tod informiert, hatte ein paar Tage abgewartet und nun diesen passenden Moment gewählt, um Nina davon in Kenntnis zu setzen, daß sie die Wohnung zum nächsten Ersten räumen mußte.

Als der Vermieter auf sie zukam, um ihr den Bescheid eigenhändig zu überreichen, hielt sie ihn für jemand anderen, küßte ihn und bat ihn auf russisch, sich ein Glas zu nehmen.

Das offizielle Papier warf sie zerstreut auf den Tisch, von wo es sofort auf den Boden glitt. Nina dachte gar nicht daran, es aufzuheben. Der Vermieter zuckte die Achseln und entfernte sich, zutiefst empört. Vergeblich versuchte Claude ihm klarzumachen, daß er gerade auf einer traditionellen russischen Totenfeier gewesen sei.

Jemand legte ein altes Tonband auf. Es war eine selbstgemachte Persiflage auf einen Moskauer Schlager der fünfziger Jahre:

> Moskau, Kaluga und Los Angelos
> hab'n sich vereinigt zu einem Kolchos.
> In 'nem Wolkenkratzer sitzt ganz keß
> ein russischer Wanja und klimpert Jazz.

Eine uralte und vertraute Musik; alle lächelten darüber, Russen und Amerikaner, aber die Russen hatten einen hohen Preis dafür bezahlt, für diese Musik – dafür wurde man damals auf Versammlungen fertiggemacht, dafür flog man von der Schule und aus dem Institut. Faina versuchte, das ihrem Kavalier zu erklären, aber es war in keine Worte zu fassen. Wie sollte man es auch erklären: Alles ist todtraurig, und auf einmal kommt zaghaft süße Freude auf, oder im Gegenteil, alles ist so fröhlich, der ganze Körper voller Freude, und auf einmal ein trauriger Ton, der direkt ins Herz trifft. Genau dafür bekam man Ärger.

Ljuda hatte sich hier inzwischen so eingelebt, daß

sie, als sie etwas getrunken hatte, nicht mehr wußte, wo sie war, immer wieder auf einen Sprung zu ihrer Freundin Tomotschka laufen wollte, um ihr das Herz auszuschütten, und nicht begriff, daß die Sredne-Tischinski-Gasse nicht um die Ecke war.

»Mama, du bist ja komisch, wenn du betrunken bist, so hab ich dich noch nie gesehen. Steht dir«, sagte ihr Sohn und zog sie von der Tür weg.

T-Shirt berührte Irinas Schulter:

»Komm, Mama, wir gehen. Es reicht.«

Sie sah streng aus.

Die sehnige, leichtfüßige Irina ging neben ihrer unfertigen, linkischen Tochter und fühlte, daß sich zwischen ihnen etwas tat, schon getan hatte: Vorbei war die Anspannung der letzten Jahre, da sie ständig die mürrische Unzufriedenheit der Tochter und ihre Mißbilligung gespürt hatte.

»Mama, wer ist die Piroshkowa?«

Es hatte sich so ergeben, daß sie heute zum erstenmal diesen Namen gehört hatte, von dem ihr eigener Familienname Pirson abgeleitet war. Irina antwortete nicht gleich, obwohl sie schon lange auf diese Frage vorbereitet war.

»Ich bin die Piroshkowa. Wir waren mal zusammen, als wir noch ganz jung waren. Ungefähr in deinem Alter. Dann haben wir uns gestritten und uns viele Jahre später erst wiedergefunden. Nicht für lange. Und als Erinnerung daran hat die Piroshkowa ein Kind behalten.«

»Toll von der Piroshkowa«, lobte T-Shirt. »Hat er das gewußt?«

»Damals nicht. Später hat er es vielleicht geahnt.«

»Hm! Schöne Eltern.«

Irina blieb abrupt stehen.

»Gefallen sie dir nicht?« Es kränkte sie seit langem, daß ihre Tochter sie nicht mochte.

»Doch, schon. Die anderen sind alle noch schlimmer. Er hat es natürlich gewußt.« T-Shirt klang auf einmal erwachsen und müde.

Irina zuckte zusammen.

»Du glaubst, er hat es gewußt?«

»Ich glaube es nicht, ich weiß es«, sagte T-Shirt fest. »Schrecklich, daß er nicht mehr ist.«

In das leise Summen russisch-englischer Gespräche hinein gellte ein hoher, schriller Schrei. Valentina schleuderte ihre schwarzen chinesischen Pantoffeln von den Füßen, riß mit der prahlerischen Geste eines Gitarristen, der wild in die Saiten greift, am obersten Knopf ihres gelben Hemdes, so daß auch alle übrigen Knöpfe auf den Boden prasselten, trat in die Mitte, stampfte mit ihren dicken rosigen Fersen auf und stieß mit glänzendem Matrjoschkagesicht hohe, langgezogene Töne aus:

> Ju-hu-chu-he-juchhei!
> Ich bin voller Kuchenteig,
> Du bist ganz mit Pech beschmiert.

> Treiben wir es ungeniert!
> Ai-jai-jai-jai-jai!

Sie schlug sich auf die Hüften und wirbelte gewandt über den schmutzigen Boden.

Während ihres Studiums war sie immer wieder zu Expeditionen nach Nordrußland gefahren, auf der Suche nach Bruchstücken lebendiger russischer Sprache im Gebiet Polesje, in der Gegend von Archangelsk und am Oberlauf der Wolga. Sie erforschte folkloristische Obszönitäten wie andere Wissenschaftler den Aufbau der Zelle oder die Wanderungen der Zugvögel. Sie kannte Tausende solcher anzüglichen Verse mitsamt dazugehörigen Dialekten und Intonationen, in zahllosen Varianten; sie mußte nur ihrer Zunge freien Lauf lassen, und sie flogen ihr von den Lippen, lebendig und unversehrt, wie frisch vom Dorftanz.

> Heißa, heißa, heißassa!
> Mein Ofen ist so heiß, o ja!

Sie sprühte glühende Kohlenstückchen, und ihre dunklen Fußsohlen stampften so schnell und heftig, als wollte sie die heißen Kohlenstückchen austreten, die aus dem Ofen gefallen waren.

Die Paraguayer waren hingerissen, besonders ihr Anführer.

»Was ist das?« fragte der Saxophonist Faina, aber

sie konnte es englisch nicht genau benennen und antwortete darum vage:

»Russischer Country.«

Nina war schon vor Valentinas Folklorehit mit aufrechtem Rücken und stolz erhobenem Kopf, als liefe sie über eine Bühne, ins Schlafzimmer gegangen. Sie setzte sich im Halbdunkel auf den Rand der Liege, und als sie Flaschen klappern hörte, wußte sie, daß sie nicht allein war. In der Ecke hockte Alik, mit dem Rücken zu ihr. Er kramte zwischen den Flaschen herum und schien etwas zu suchen.

Nina wunderte sich nicht, rührte sich aber auch nicht von der Stelle.

»Was suchst du da, Alik?«

»Hier stand eine kleine Flasche, aus dunklem Glas«, antwortete er leicht gereizt.

»Die steht doch da«, erwiderte Nina.

»Ach, da ist sie ja«, freute sich Alik und stand auf, die Flasche an sein altes rotes Hemd gepreßt.

Nina wollte ihm sagen, er solle aufpassen, diese Kräutertinkturen hinterließen so häßliche braune Flecke, kam aber nicht mehr dazu. Er ging schon an ihr vorbei, und sie sah, daß er wirklich wieder völlig gesund war, zugenommen hatte und wieder lief wie früher, leichtfüßig und mit den Knien schlackernd. Und noch etwas. Im Vorbeigehen strich er ihr sanft übers Haar, und zwar auf seine ureigene, ihr seit langem vertraute Weise: Er griff mit gespreizten Fingern in ihr Haar, direkt an die Wurzeln, und fuhr dann von der Stirn bis zum Hinterkopf. Außerdem sah sie, daß er ihr Kreuz um den Hals trug, und da wußte sie: Sie hatte alles richtig gemacht.

Das muß ich unbedingt Valentina sagen, dachte sie noch, und kaum hatte ihr Kopf das Kissen berührt, schlief sie augenblicklich ein.

Doch Valentina hätte sie jetzt ohnehin nicht gefunden, die war weit weg. Im Bad, unter der Dusche, versetzte ihr ein kurzbeiniger, drahtiger Indio mit einer kurzen, kräftigen Waffe Stoß um Stoß. Sie sah sein schwarzes Haar, das ihm um die eingefallenen Wangen wehte, und den rosigen Streifen Haut, der seine Narbe überzog. An Fuß- und Handgelenken spürte sie eine eiserne Umklammerung, aber dabei war sie völlig schwerelos und wurde ruckartig hoch und nach vorn geschwungen. Das war anders als alles, was sie je erlebt hatte, und es war überwältigend.

Das Telefon weckte Irina mitten in der Nacht.

Wahrscheinlich die betrunkene Nina, dachte sie und langte nach dem Hörer.

Flüchtig sah sie zur Uhr: Kurz nach eins.

Aber es war nicht Nina, sondern einer der beiden Galeristen, der, der für den Papierkram zuständig war.

»Wir müssen dringend miteinander reden wegen Ihres Klienten«, begann er ohne Umschweife. »Wir möchten gern alle in seinem Atelier verbliebenen Bilder kaufen, aber möglichst unverzüglich.«

Irina hielt eine Kunstpause ein – das hatte sie gelernt.

»Ja, und selbstverständlich möchten wir, daß Sie Ihre Klage zurückziehen. Wir werden unsere gesamten Beziehungen neu ordnen.«

Eins, zwei, drei, vier, fünf – und Hieb!

»Nun, erstens, was die Klage angeht, das ist eine andere Angelegenheit, wir werden das unter keinen Umständen vermengen. Und wegen der Arbeiten meines Klienten, das können wir Ende nächster Woche besprechen, wenn ich aus London zurück bin. Ich fahre nämlich wegen der Bilder dorthin«, log sie mit großem professionellen Vergnügen.

Der Schlaf war wie weggeblasen. Sie stand auf und ging ins Wohnzimmer. Unter T-Shirts Türschwelle drang ein heller Lichtschein hervor. Irina klopfte an.

T-Shirt, bei dieser Hitze im langen Nachthemd, legte ihr Buch weg und stützte sich auf den Ellbogen.

»Was gibt's?«

»Sieht so aus, als wäre er doch ein guter Maler gewesen. Diese Banditen haben angerufen, sie wollen alles kaufen, was Alik hinterlassen hat.«

»Sag bloß?« T-Shirt freute sich.

»Ja. Ich werd noch eine Erbschaft für dich rausholen. So ist das.«

»Spinnst du, was für eine Erbschaft? Und Nina? Was machen wir mit der?«

»Also, Nina interessiert mich nicht. Und für das Geld werd ich noch ganz schön rumrennen müssen.«

Irina sah todmüde aus, und T-Shirt dachte: Mama wird alt, und nachts, ohne Schminke, ist sie gar nicht so schön.

»Weißt du was, laß uns nach Rußland fahren.«

T-Shirt rückte ein Stück, um Platz zu machen für Irina. Viele Jahre konnte T-Shirt nicht allein einschlafen, und Irina kam vom anderen Ende der Stadt angehetzt, damit das unglückliche, schweigsame Geschöpf sich an ihre Schulter schmiegen und einschlafen konnte.

Irina legte sich zu ihrer Tochter und bettete ihre dürren Glieder, so bequem es ging.

»Daran hab ich auch schon gedacht. Das machen wir, unbedingt fahren wir hin, aber erst muß sich da alles ein bißchen zurechtrütteln.«

»Zu was? Was hast du gesagt?«

»Zurechtrütteln, na, in Ordnung kommen oder so.«

»Nein, Alik hat gesagt, wenn dort Ordnung reinkommt, dann wird das ein anderes Land.«

»Darum mach dir mal keine Sorgen, Ordnung wird dort nie reinkommen.«

Irina streichelte das rote Haar ihrer Tochter, und die sträubte sich nicht, fauchte nicht.

Na dann, entschied Irina, sieht aus, als wäre nun alles vorbei.

New York – Moskau – Mont Noir, 1992-1997

Ljudmila Ulitzkaja

MEDEA UND IHRE KINDER

Ende April beginnt für Medea Mendez, geborene Sinopli, die »Familiensaison«. Von überall her kommen die Nachfahren des alten Griechen Sinopli auf die Krim. Medea, seit langem verwitwet und kinderlos, ist zur Urmutter des Familienclans geworden, die im stillen über das wilde Treiben der jungen Menschen wacht. Und auch injenem Sommer wird Medeas Haus zum Schauplatz der Leidenschaften.
»Das Buch ist großherzig, tragisch, durchtrieben und amüsant, ... die Kritik wird es als Erzählwunder preisen.«
DIE-ZEIT

Nr. 92001 · DM 16,90

Ljudmila Ulitzkaja
SONETSCHKA
und andere Erzählungen

Nr. 92016 · DM 14,90

Ljudmila Ulitzkaja

SONETSCHKA
und andere Erzählungen

Ljudmila Ulitzkaja erzählt vom Leben und vom Alltag einiger bemerkenswerter russischer Frauen und Mädchen: von der großen Leserin Sonetschka, der jungen Bronka mit ihrem geheimnisvollen Liebhaber, von den »zarten und grausamen Mädchen« der gleichnamigen Geschichten. Einfühlsam und poetisch schildert die Autorin ungemein lebendige Menschen – Menschen, die mit erstaunlicher Kraft den Widrigkeiten des Lebens begegnen und sich in einer unglücklichen Welt Augenblicke des Glücks erkämpfen.